稻草人

叶圣陶 著

覃丽兰——导读

长江出版传媒 | 长江文艺出版社

暖心美读书（名师导读彩插版）
高端选编委员会

相信精神，相信文学的力量

——《暖心美读书（名师导读彩插版）》总序

王泉根

阅读决定高度，精神升华成长。

阅读是生命的重要组成部分。人生的阅读史就是给生命打底的历史、精神发展的历史。在今天这个网络阅读、手机阅读、图画阅读已经成风的多媒体时代，图书阅读依然显得十分重要，静静地捧读书本的姿态，依然是一种最迷人、最值得赞美的姿态。

少年儿童的精神生命如同夏花般蓬勃开放生长。认知、想象、情感、道德、审美、智慧，是给少年儿童精神生命打底的重要内容，也是阅读的重要内容。从优美的、诗意的、感动我们心灵的文学经典名著中，感悟道德的力量、审美的力量、艺术的力量、语言的力量，保卫想象力，巩固记忆力，滋养我们精神生命的成长，这是文学阅读的应有之理，应获之果。

长江文艺出版社奉献给广大小读者、同时也适合大读者阅读的这一套文学精品书系，我更愿意把它作为"经典"来解读。

界定"经典"是难的，如同界定"美"是难的一样。我曾在一篇文章中，对"文学经典"做过如下表述："所谓文学经典，就是那些打败了时间的文字、声音、表情，那些影响我们塑造人生，增加底气，从而改变我们精神高度的东西。"显然，文学经典是可以装进我们远行的背囊，陪伴我们一生的。因为，人的一生，在任何年龄，任何时空，都需要增加底气，增加精神的高度，这样的人生才不会在时间的潮汐中虚度遗恨。

经典阅读既是高雅的阅读行为与文学享受，但同时也是一种人文素养的养成性教育。对于一个正在发育和成长中的少年儿童来说，单有学校的教材教育是远远不够的。成长中的少年儿童，正处于"多梦的年代"，也处于"多思的年代"，他们正在逐步形成独立思维和个体情感，对自己所处的环境和未来发展需要有客观的认识与准备，需要养成积极乐观的人生态度、抗拒挫折的意志和能力，当他们今后走上社会与职场，独立面对自己的现实，独立承受自己的未来时，才不会茫然失措、无从应对。而这些精神"维生素"与人生智慧，往往深藏在经典名著之中。因而经典可以使人终身受益，在人的一生中发挥潜移默化的精神灯火作用。

　　长江文艺出版社奉献给广大读者朋友的这一套《暖心美读书（名师导读彩插版）》，从文学史、精神史、阅读史的维度，萃取百年中外文学经典名著于一体，立足于少年儿童的阅读接受心理与精神追求，邀请名师进行导读，邀请画师配以精美插图，从选文内容、文学品质、文体类型、装帧设计、图文配制等各个环节，都做到了目前能做到的"最高"功夫，可以说这是一套为新世纪的读者特别是广大少儿读者"量身定做"的文学精粹。

　　耶鲁学派的代表人物布鲁姆说："没有经典，我们就会停止思考。"经典的永恒价值在于凝聚起现实与历史、人生与人心、上代与下代之间向上向善向美的力量！

　　有一种力量，让成长充满审美。有一种力量，让青春刚柔并济。有一种力量，让梦想不再遥远。有一种力量，让未来收获吉祥。幻想激活世界，文学托举梦想。相信阅读，相信精神，相信文学的力量。

2017 年 2 月 9 日于北京师范大学文学院

在时间里不朽

——《稻草人》导读

覃丽兰

  我是叶圣陶的童话迷，年龄越大，还越喜欢；不以超龄为耻，反以热爱为荣，一辈子都至死不渝，因为我喜欢叶圣陶童话的味道，喜欢童话总给我一颗温柔的、善良的、水晶一样的心。

  这个世界需要一颗水晶心。无论这世界如何变化，哪怕机器变成人，甚至有人预言，下个世纪，很多人将和机器人结婚，而我依然坚信，那时候我们更需要童话，来给人一颗透明的灵魂。

  从这个意义上说，叶圣陶的童话是跨越时间的经典。他不仅不会过时，反而会因工业化的发展，更让人眷恋农耕时代童话里的那种美！而且这种美，会因为城市雾霾、因为钢铁世界、因为交通堵塞显得更加珍贵。

  我们来抽取叶圣陶童话里任意一段农耕时代的文字咀嚼吧——

  一条小溪是各种可爱的东西的家。小红花站在那儿，只顾微笑，有时还跳起好看的舞来。绿色的草上缀着露珠，好像仙人的衣服，耀得人眼花……小鱼儿成群地来来往往，细得像绣花针，只有两颗大眼珠闪闪发光。青蛙老瞪着眼睛，不知守在那儿干什么，也许在等待他的好朋友。水面上有极轻微的声音，是鱼儿在奏乐，他们会用他们的特别的方法，奏出奇妙的音乐来："泼剌……泼剌……"好听极了。(《小白船》)

生命是属于自然的，我们每一个人都是大地的儿子。如果离开了大地，生命之叶就不会沾染灵性的露珠。可是，好遗憾的，我们现在很多孩子，从出生那一天起，就被现代化的产品包裹起来。我们触摸不到小溪清澈的灵魂，感受不到鲜花滋润的微笑，更不用说自然世界里的小鱼，如何地从我们脚指头旁痒痒地游过去了！离开了生我养我的大地，很多人质疑，我们还有想象力吗？

感觉是我们认识世界的开始。纸尿裤节省了父母照料的精力，却也增大了我们和世界接触的距离。尽管电视屏幕上的色彩很鲜艳，但是我们无法从画面上闻到花的香味。更别说细小的鱼儿那透明的身躯，让您感觉不到它们的存在，"只有两颗大眼珠闪闪发光"了。因此，一些人质疑我们的想象力是有道理的。因为，工业化、智能化时代的文明，让我们远离了原始生命的美丽。

幸好，我们还有童话，还有叶圣陶用他精美的文字，给我们留下这样一角可以触摸的天空。

叶圣陶是中国现代童话创作的拓荒者，也是著名的教育家。因为他，新中国才有了第一本专为儿童而写的童话集《稻草人》。后来在中国童话世界占据显赫位置的著名作家，都是从叶圣陶童话里汲取养分，开始自己的儿童文学创作的。现在，我们把叶圣陶称为中国童话的开山鼻祖一点也不为过。也许你读过当代很多畅销作家的热门童话书，可是，如果你连开山鼻祖的童话都没有读过，我觉得那依然不叫读书。因为，你触摸不到童话的发展脉络。

我喜欢叶圣陶童话的第二个原因，是他的文字特别有张力，每一句话，都能够清澈我们的灵魂，让我们觉得世界很美，孩子很可爱，感情很珍贵。

我们继续来咀嚼他《小白船》里的另外一段文字吧，真的是打动心灵的美丽。

　　胖子是不配乘这条船的。胖子一跨上船，船身一侧，就掉进水里去了。老人也不配乘这条船。老人脸色黝黑，额角上布满了皱纹，坐在小船上，被美丽的白色一衬托，老人会羞得没处躲藏了。这条小船只配给活泼美丽的小孩儿乘。

　　用了那么多可爱的铺垫，费了那么多可爱的口舌，只为最后一句话："这条小船只配给活泼美丽的小孩儿乘。"作为儿童，你有没有一种特别的自豪感，觉得这爷爷的话，简直就是自己心愿的代言人？对了，这就是叶圣陶童话的特色，总能够用儿童的语言，说出他们最想说的话。

　　而且这些话，等我们经历了人世的沧桑之后，会更觉得珍贵。因为，以后再也难得有人这样跟您推心置腹了，再也很难有人总能够说出您想说的秘密。长大之后，很多人会给自己戴一张面具。

　　说得比较沧桑了，我该打住。我只想告诉大家，无论年龄怎么增加，我都顽固地喜欢童话，喜欢叶圣陶。毕竟，童话是温暖世界的一盏最柔和的灯。小时候，我们从童话里认识世界，幼小的心灵里，通过拟人化的故事，从最初的好人还是坏人、对还是错、喜欢还是厌恶的简单情感表达里，我们触摸这个世界的伦理建构。善良和美的种子，爱和勇敢的力量，乃至信仰，都是从童话里萌芽的。以至于今天，已经快到了做奶奶的年龄，我张口能够说出的，还是小学时读过的叶圣陶的《稻草人》《古代英雄的石像》——那些作品已经渗透进我们的血液，刻进我们的灵魂。

　　不仅仅是儿童，人生的每一个阶段，都需要童话。青年时需要童话温暖世界，哪怕您不相信爱情，也依然需要童话慰藉心灵。我敢肯定，读《小白船》，读叶圣陶的经典作品，会唤醒我们对爱的真诚。中年时我们也需要童话来感动世界，引起我们心灵震撼的那些人和事情，往往都具有童话率真的本质。暮年时，我们可以用童话来怀念这个世界，让我们记住，世界曾经给了我们的那一份美丽……

从这个角度来说，叶圣陶童话已经成为跨越时间的经典，在时间里不朽。所以，我没有评价已经成为人性隐喻的《皇帝的新衣》，也没有分析如《一粒种子》《爬山虎的脚》《玫瑰和金鱼》等叶圣陶的其他一些代表作品。相反，我选择的是和大家聊聊一般评论家很少留心的《小白船》，聊聊叶圣陶文字里那些率真的美丽，我想和大家分享的，就是世界上最稀缺的资源——一颗透明的心灵。

而这，是童话永远的灵魂。

目 录
CONTENTS

稻草人

最有意义的生活

稲草人  · ——————

一粒种子

世界上有一粒种子，像核桃那样大，绿色的外皮非常可爱。凡是看见它的人，没一个不喜欢它。听说，要是把它种在土里，就能够钻出碧玉一般的芽来。开的花呢，当然更美丽，不论是玫瑰花、牡丹花、菊花，都比不上它；并且有浓郁的香气，不论是芝兰、桂花、玉簪，都比不上它，可是从来没人种过它，自然也就没人见过它的美丽的花，闻过它的花的香气。

国王听说有这样一粒种子，欢喜得只是笑。白花花的胡子密得像树林，盖住他的嘴，现在树林里露出一个洞——因为嘴笑得合不上了。他说："我的园里，什么花都有了。北方冰雪底下开的小白花，我派专使去移了来。南方热带，像盘子那样大的莲花也有人送来进贡。但是，这些都是世界上平常的花，我弄得到，人家也弄得到，又有什么稀奇？现在好了，有这样一粒种子，只有一粒。等它钻出芽来，开出花来，世界上就没有第二棵。这才显得我最尊贵，最有权力。哈！哈！哈！……"

国王就叫人把这粒种子取来，种在一个白玉盆里。土是御花园里的，筛了又筛，总怕它还不够细。浇的水是用金缸盛着的，滤了又滤，总怕它还不够干净。每天早晨，国王亲自把这个盆从暖房里

搬出来，摆在殿前的丹陛上，晚上还是亲自搬回去。天气一冷，暖房里还要生上火炉，热烘烘的。

国王梦里，也想看盆里钻出碧玉一般的芽来，醒着的时候更不必说了，老坐在盆旁边等着。但是哪儿有碧玉一般的芽呢？只有一个白玉的盆，盛着灰黑的泥。

时间像逃跑一般过去，转眼就是两年。春天，草发芽的时候，国王在盆旁边祝福说："草都发芽了，你也跟着出来吧！"秋天，许多种子发芽的时候，国王又在盆旁边祝福说："第二批芽又出来了，你该跟着出来了！"但是一点儿效果也没有。于是国王生气了，他说："这是死的种子，又臭又难看，我要它干什么！"他就把种子从泥里挖出来，还是从前的样子，像核桃那样大，皮绿油油的。他越看越生气，就使劲往池子里一扔。

种子从国王的池子里，跟着流水，流到乡间的小河里。渔夫在河里打鱼，一扯网，把种子捞上来。他觉得这是一粒稀奇的种子，就高声叫卖。

富翁听见了，欢喜得直笑，眼睛眯到一块儿，胖胖的脸活像个打足了气的皮球。他说："我的屋里，什么贵重的东西都有了。鸡子那么大的金刚钻，核桃那么大的珍珠，都出大价钱弄到了手。可是，这又算什么呢？有的不只我一个人，并且，张口金银珠宝，闭口金银珠宝，也真有点儿俗气。现在呢，有这么一粒种子——只有一粒！这要开出花来，不但可以显得我高雅，并且可以把世界上的富翁都盖过去。哈！哈！哈！……"

富翁就到渔夫那里把种子买了来，种在一个白金缸里。他特意雇了四个有名的花匠，专门经管这一粒种子。这四个花匠是从三百多人里用考试的办法选出来的。考试的题目特别难，一切种植名花的秘诀，都问到了，他们都答得头头是道。考取以后，给他们很高的工钱，另外还有安家费，为的是让他们能安心工作。这四个人确是尽心尽力，轮班在白金缸旁边看着，一分一秒也不断人。他们把本领都用出来，用上好的土、上好的肥料，按时候浇水，按时候晒，总之，凡是他们能做的他们都做了。

富翁想："这样经心照看，种子发芽一定加倍地快。到开花的时候，我就大宴宾客。那些跟我差不多的富翁都请到，让他们看看我这天地间没第二份的美丽的奇花，让他们佩服我最阔气，我最优越。"他这么想，越想越着急，过一会儿就到白金缸旁边看看。但是哪里有碧玉一般的芽呢？只有一个白金的盆，盛着灰黑的泥。

时间像逃跑一般过去，转眼又是两年。春天，快到请客的时候，他在缸旁边祝福说："我就要请客了，你帮帮忙，快点儿发芽开花吧！"秋天，快到宴客的时候，他又在缸旁边祝福说："我又要请客了，你帮帮忙，快点发芽开花吧！"但是一点儿效果也没有。于是富翁生气了，他说："这是死的种子，又臭又难看，我要它干什么！"他就把种子从泥里挖出来，还是从前的样子，像核桃那样大，皮绿油油的。他越看越生气，就使劲往墙外边一扔。

种子跳过墙，掉在一个商店门口。商人拾起来，高兴极了，他说："稀奇的种子掉在我的门口，我一定要发财了。"他就把种子种在商店旁边。他盼着种子快发芽开花，每天开店的时候去看一回，收店的时候还要去看一回。一年很快过去了，并没看见碧玉一般的芽钻出来。商人生气了，说："我真是个傻子，以为是什么稀奇的种子！原来是死的，又臭又难看。现在明白了，不为它这个坏东西耗费精神了。"他就把种子挖出来，往街上一扔。

种子在街上躺了半天，让清道夫跟脏土一块儿扫在垃圾车里，倒在军营旁边。一个兵士拾起来，很高兴地说："稀奇的种子让我拾着了，我一定是要升官了。"他就把种子种在军营旁边。他盼着种子快发芽开花，下操的时候就蹲在旁边看着，怀里抱着短枪。别的兵士问他蹲在那里干什么，他瞒着不说。

一年多过去了，还没见碧玉一般的芽钻出来。兵士生气了，他说："我真是个傻子，以为是什么稀奇的种子！原来是死的，又臭又难看。现在明白了，不为它这个坏东西耗费精神了。"他就把种子挖出来，用全身的力气，往很远的地方一扔。

种子飞起来，像坐了飞机。飞呀，飞呀，飞呀，最后掉下来，正是一片碧绿的麦田。

麦田里有个年轻的农夫，皮肤晒得像酱的颜色，红里透黑，胳膊上的筋肉一块块地凸起来，像雕刻的大力士。他手里拿着一把曲颈锄，正在刨松田地里的土。他锄一会儿，抬起头来四处看看，嘴边透出平和的微笑。

他看见种子掉下来，说："吓，真是一粒可爱的种子！种上它吧。"就用锄刨了一个坑，把种子埋在里边。

他照常工作，该耕就耕，该锄就锄，该浇就浇——自然，种那粒种子的地方也一样，耕、锄、浇，样样都做到了。

没几天，在埋那粒种子的地方，碧绿的像小指那样粗的嫩芽钻出来了。又过几天，拔干，抽枝，一棵活像碧玉雕成的小树站在田地里了。梢上很快长了花苞，起初只有核桃那样大，长啊，长啊，像橘子了，像苹果了，像柚子了，终于长到西瓜那样大，开花了：

瓣是红的，数不清有多少层，蕊是金黄的，数不清有多少根。由花瓣上，由花蕊里，一种新奇的浓郁的香味放出来，不管是谁，走近了，沾在身上就永远不散。

年轻的农夫还是照常工作，在田地里来来往往。从这棵稀奇的花旁边走过的时候，他稍微站一会儿，看看花，看看叶，嘴边透出平和的微笑。

乡村的人都来看这稀奇的花。回去的时候，脸上都挂着平和的微笑，满身都沾上了浓郁的香味。

（1921年11月20日写毕）

小白船

一条小溪是各种可爱的东西的家。小红花站在那儿，只顾微笑，有时还跳起好看的舞来。绿色的草上缀着露珠，好像仙人的衣服，耀得人眼花。水面上铺着青色的萍叶，矗起一朵朵黄色的萍花，好像热带地方的睡莲——可以说是小人国里的睡莲。小鱼儿成群地来来往往，细得像绣花针，只有两颗大眼珠闪闪发光。青蛙老瞪着眼睛，不知守在那儿干什么，也许在等待他的好朋友。

水面上有极轻微的声音，是鱼儿在奏乐，他们会用他们的特别的方法，奏出奇妙的音乐来："泼剌……泼剌……"好听极了。

他们邀小红花跟他们一起跳舞；绿萍要炫耀自己的美丽的衣服，也跟了上来。小人国里的睡莲高兴得轻轻地抖动，青蛙看呆了，不知不觉随口唱起歌儿来。

小溪上的一切东西更加有趣更加可爱了。

小溪的右岸停着一条小小的船。这是一条很可爱的小船，船身是白的，它的舵和桨，它的帆，也都是白的；形状像一只梭子，又狭又长。胖子是不配乘这条船的。胖子一跨上船，船身一侧，就掉进水里去了。老人也不配乘这条船。老人脸色黝黑，额角上布满了皱纹，坐在小船上，被美丽的白色一衬托，老人会羞得没处躲藏了。

这条小船只配给活泼美丽的小孩儿乘。

真的有两个孩子向溪边走来了。一个是男孩儿，穿着白色的衣服，脸红得像个苹果。一个是女孩儿，穿着很淡的天蓝色的衣服，脸色也很红润，而且更加细嫩。他们俩手牵着手，用轻快的步子穿过了小树林，来到小溪边上，跨上了小白船。小白船稳稳地载着他们两个，略微摆了两下，好像有点儿骄傲。

男孩儿说："咱们在这儿坐一会儿吧。"

"好，咱们看看小鱼儿。"女孩儿靠船舷回答。

小鱼儿依旧奏他们的音乐，青蛙依旧唱他们的歌。男孩儿摘了一朵萍花，插在女孩儿的辫子上，他看着笑了起来，说："你真像个新娘子了。"

女孩儿好像没听见，她拉了拉男孩儿的衣袖，说："咱们来唱《鱼儿歌》，咱们一同唱。"

他们唱起歌儿来：

鱼儿来，鱼儿来，
我们没有网，我们没有钩儿。
我们唱好听的歌，
愿意跟你们一块玩儿。

鱼儿来，鱼儿来，
我们没有网，我们没有钩儿。
我们采好看的花，
愿意跟你们一块玩儿。

鱼儿来，鱼儿来，

我们没有网，我们没有钩儿。

我们有快乐的一切，

愿意跟你们一块玩儿。

歌还没唱完，刮起大风来了，小溪两岸的花和草，跳舞的拍子越来越快了，水面上也起了波纹。男孩儿张起帆来，要乘风航行。女孩儿掌着舵，手按在舵把上，像个老船工。只见两岸的景物飞快地往后退，小白船像一条飞鱼，在小溪上一直向前飞。

风真急呀，两岸的景色都看不清楚了，只见一抹一抹的黑影向后闪过。船底下的水声盖过了一切声音。帆盛满了风，好像弥勒佛的大肚子。小白船不知要飞到哪儿去！两个孩子着慌了，航行了这许多时候，不知到了什么地方。要让小白船停住，可是又办不到，小白船飞得正欢哩。

女孩儿哭了。她想起她的妈妈，想起她的小床，想起她的小黄猫，今天恐怕都见不着了。虽然有亲爱的小朋友跟她在一起，可是妈妈、小床、小黄猫，她都舍不得呀。

男孩儿给她理好被风吹散的头发，又用手盛她流下来的眼泪。他说："不要哭吧，好妹妹，一滴眼泪就像一滴甘露，你得爱惜呀。大风总有停止的时候，就像巨浪总有平静的时候一个样。"

女孩儿靠在他的肩膀上，哭个不停，好像一位悲伤的仙女。

男孩儿想办法让船停住。他叫女孩儿靠紧船舷，自己站了起来，左手拉住帆绳的活扣，右手拿着桨；他很快地抽开活扣，用桨顶住岸边。帆落下来了，小白船不再向前飞了。看看岸上，却是一片没有人的旷野。

两个孩子上了岸。风还像发了狂似的，大树摇得都有点儿累了。女孩儿才揩干眼泪，看看四面没有人，也没有房屋，眼泪又像泉水一样涌出来了。男孩儿安慰她说："没有房屋，咱们有小白船呢。没有人，咱们两个在一起，不也很快活吗？咱们一同玩儿去吧！"

女孩儿跟着他一直向前走。风吹在身上有点儿冷，他们紧紧靠在一起，互相用手搂住腰。走了几百步远，他们看见一树野柿子，树上熟透的柿子好像无数的玛瑙球，有的落在地上。女孩儿拾起一个，掰开来一尝，甜极了，她就叫男孩儿也拾来吃。

他们俩坐在地上吃柿子，把一切都忘记了，忽然从矮树丛里跑出一只小白兔来，到了他们跟前就伏着不动了。女孩儿把它抱在怀里，抚摸它的柔软的毛。男孩儿笑着说："咱们又有了一个同伴，更不寂寞了。"他掰开一个柿子喂给小白兔吃，红色的果浆涂了小白兔一脸。

远远的有个人跑来了，个子特别高，脸长得很可怕。他看见小白兔在他们身边，就板起了脸，说他们偷了他的小白兔。

男孩儿急忙辩白说："它是自己跑来的。我们喜欢它。一切可爱的东西，我们都爱。"

那个人点点头说："既然这样，我也不怪你们，把小白兔还给我就是了。"

女孩儿舍不得，把小白兔抱得更紧了，脸贴着它的白毛，好像要哭出来了。那个人全不理会，伸手就把小白兔夺走了。

这时候，风渐渐缓和了。男孩儿想，既然遇到了人，为什么不问一问呢？他就问那个人，这儿离家有多远，该从哪条河走。

那个人说："你们家离这儿二十多里呢，河水曲折，你们一定认不得回去的路了。我可以送你们回去。"

女孩儿快活极了，她想：这个人长得可怕，心肠原来很慈善，就央告说："咱们快上船吧，妈妈和小黄猫都在等着我们呢！"

那个人说："这可不成。我送你们回去，你们用什么酬谢我呢？"

男孩儿说："我送给你一幅美丽的图画。"

女孩儿说："我送给你一束波斯菊，红的白的都有，真好看呢！"

那个人摇头说："我什么也不要。我有三个问题，你们能回答出来，我就送你们回去；要是答不出来，我抱着小白兔就自个儿走了。你们愿意吗？"

"愿意。"他们一同回答。

那个人说："第一个问题，鸟儿为什么要唱歌？"

"他们要唱给爱他们的人听。"女孩儿抢先回答。

那个人点点头说："算你答得不错。第二个问题：花儿为什么香？"

男孩儿回答说："香就是善，花是善的标志。"

那个人拍手说："有意思。第三个问题是，为什么你们乘的是小白船？"

女孩儿举起右手，好像在课堂上回答老师似的："因为我们纯洁，只有小白船才配让我们乘。"

那个人大笑起来，他说："好，我送你们回去。"

两个孩子高兴极了。他们互相抱着，亲了一亲，就跑回小白船。

仍旧是女孩儿掌舵，男孩儿和那个人各划一支桨。女孩儿看着两岸的红树、草屋、田地，都像神仙的世界，更使她满意的是那只小白兔没有离开她，这时候就在她的脚边。她伸手采了一枝蓼花让它嗅，逗着它玩儿。

男孩儿说："没有这场大风，就没有此刻的快乐。"

女孩儿说："要是咱们不能回答他的问题，此刻还有快乐吗？"

那个人划着桨，看着他们微笑，只不开口。

等到小白船回到原来停泊的地方，小红花和绿叶早已停止了跳舞；萍叶盖着睡熟了的小鱼儿，只有青蛙还在不停地唱歌。

（1921年11月15日写毕）

燕子

一丛棠棣花，在绿杨树的底下，开得多美丽呀！仿佛天空的繁星，放出闪闪的金光。顽皮的风时时推着摇着，棠棣怕羞，只将身子轻袅。风觉得有趣，推着摇着，再也不肯罢休。棠棣的腰肢袅得疲倦了。

在花丛的旁边，躺着一个可怜的小东西。他张开嫩黄的小口，等待母亲的慰爱的接吻。可是母亲的吻在哪里呢？这时他只是悲哀地叫。他有金光的羽毛，红色的围颈，真是个美丽的小东西。他背部的羽毛上有点血，表明他是受伤了。

他哪里知道世间有伤害呢？他清早醒来，唱罢了晨歌，亲过了母亲的吻，娇笑着对母亲道："我要去看看春天的景致，听听我们邻族的歌声，母亲，让我去玩一会吧！"

他的母亲应允了，她亲着他的红颈道："好好儿去罢，我的爱。"

他于是旅行了。他听过了密语的流泉，看过了浅笑的鹃花，在小山的顶上唱了几曲歌，在明丽的溪边洗了一回浴。他觉得累了，须得休息休息，便停在绿杨树上。

不知什么地方飞来一颗泥弹丸，正中他的背心。他一痛，就跌下来，躺在棠棣花旁。小嘴修剔背上的羽毛时，沾着湿漉漉的东西。

一看，红的，不是血么！他更觉得痛不可当，于是哀哭一般地叫："母亲在哪里呀！你的爱受伤了。母亲在哪里呀！"

但是母亲哪里听得见。

绿杨树听着他的哀叫，安慰他道："可怜的小东西，你吃亏了。你不要相信世间没有伤害呀！你的母亲在哪里呢？可惜我的手臂太柔软。不然，我扶你起来了。"

池水听着他的哀叫，安慰他道："可怜的朋友，你吃亏了。你不要相信世间没有伤害呀！你的母亲在哪里呢？可惜我的身子给河岸围住，不得自由。不然，我替你洗去血污了。"

蜜蜂听着他的哀叫，安慰他道："可怜的朋友，你吃亏了。你不要相信世间没有伤害呀！你的母亲在哪里呢？可惜我的翅膀太单薄，不然，我抱着你，送你回家去了。"

棠棣花听得他的哀叫，最亲切，因为就在身边。她觉得十分可怜，便甜甜蜜蜜地安慰道："美丽的小东西，你的母亲总会来的，不要啼哭。我这里你暂时可以将息，我替你覆盖，我替你看护。你好好儿将息一会罢。"

他听了许多好意的话，似乎痛得好些。他小小的心里想："这些都是好意呀。但是他们都教我，不要相信世间没有伤害。难道世间真个还有伤害么？"

这一天小小的青子正放假。她独自走到田野里，采些野花，预备送给她的小友玉儿。她穿着湖色的衫子，两条小臂几乎全露。软软的发披在她的肩上，时时给风吹起。看她轻松的步子，知道她心里，装满了快活。

她手里有了红的白的花，心想这鲜黄的棠棣花也得采一点。正要采时，一声哀苦的叫使她住了手。原来一个可爱的小燕子躺在那里。呀，金光的羽毛上有血斑呢！

她放下手中的花，将小燕子捧了起来；取出雪白的手巾，给他拭去血污。更轻轻地抚摸他的羽毛；将右颊亲着他，柔语道："可怜的小宝贝，你吃苦了。是谁欺侮了你？是谁欺侮了你？现在你的痛苦过去了。我给你睡柔暖的床；我给你吃甜美的食；我给你做亲爱的伴。你跟我回家去罢，小宝贝呀！"

小燕子睡在她的手掌上，又温又软，非常舒适。他又叫了，但不再含哀痛的意思，只有怀念的神情："母亲呀，我遇见可爱的小姑娘了。她欢喜我，带我回家去了。你到她家里看我罢。我很安好呢。但是，你要马上来呀！"

绿杨树、池水、蜜蜂、棠棣一齐放了心，和声欢送道："她是个仁慈的小姑娘。她能代行我们的心愿。你跟她去罢。倘若你的母亲到这里来，我们会告诉她。再会了，幸福的小燕子。"

青子将小燕子带到家里，先去告诉了玉儿，顺便送与采得的野花。玉儿听了，非常欢喜，说她们必须好好儿给他调养，使他恢复活泼可爱的精神。于是她们俩有新鲜的事情做了。

青子调些很好的东西给他吃；玉儿采一种柔软的草，铺在一个匣子里，做他的窠。他吃得很饱。受伤之后，有点疲倦，此时昏昏欲睡。青子和玉儿看护着他，轻轻地唱着睡歌道："小宝贝睡呀！猫来打他，狗来骂他，小宝贝睡呀！"他渐渐熟睡了。

小燕子一觉醒来，只见两个笑脸紧贴着看自己呢。他略一回思，便记起自己受伤被救的事情："母亲为什么不来呀？你一定在寻我呢，我却在这里等你。小姑娘待我好，为什么不将你也接来呢？"

他怀念的泪滴下来了。

青子看了，心里也觉得难过，举起手巾轻轻按着眼睛："小宝贝，且耐着。没有方法寻到你的母亲呢。暂将我这里作你的家罢，好好儿静养着，待你的伤势复原。一面，我们加意找寻你的母亲。"

小燕子只是滴泪。

玉儿说："你善于唱歌的，定必喜欢听歌，我唱一支歌给你解闷罢。"

玉儿唱了：

树头的红哪里来？
山头的绿哪里来？
红襟的小宝贝呀，
你带来的春消息！

绿碧池波哪里来？
甘芳土气哪里来？
红襟的小宝贝呀，
你带来的春消息！

醉人暖风哪里来？
迷人烟景哪里来？
红襟的小宝贝呀，
你带来的春消息！

青子唱着和声，使这个歌格外好听。她面贴着匣子软语道："你总算快活了，这个歌比你的怎样呢？"

小燕子本来喜欢唱歌，现在听了歌，禁不住也要试一试。他悲戚地唱了：

> 爱的母亲在哪里？
> 爱的母亲在哪里？
> 你的爱在这里呀，
> 谁与你传个消息！

> 你在山头寻我么？
> 你在水边寻我么？
> 你的我在这里呀，
> 谁与你传个消息！

> 我在这里等你呢！
> 我在这里等你呢！
> 我要睡你怀中呀，
> 谁与我传个消息！

青子忽然拍着玉儿的肩道："忘记了，我们何不替他在新闻纸上登个告白呢。"

玉儿马上去取了铅笔白纸来，嘴里嚷道："我来写，我来写。"

玉儿写以下的告白：

"亲爱的母亲，儿中了一个轻微的伤害，受了点伤。现在青子小姑娘留我在她家里，一切都安适。你不要起一丝儿惊恐呀。可是儿盼望你立刻到这里，尽你翅膀的力——但不要太乏力了。快来！快来！你所爱的小东西。"

青子笑着对小燕子道："这就好了。明天你的母亲在新闻纸上看见了这个告白，一定就来。现在可以收住你的悲戚了。"

小燕子方才不再滴泪。青子玉儿伴着他，讲些黄金洞小女王的故事。晚上点起了挂灯，她们又在金色火光底下，唱些神仙的歌，直到他进了梦乡。他在梦乡里，同他的母亲去访竹鸡的家，小竹鸡取出松子款待他，好不快活。

第二天上午，他的母亲急急地飞了来，一看见他便扑开翅膀抱住了。"寻得我心碎了！伤的什么地方呢？可爱的……"

小燕子乐得只是流泪，他张开了黄的小口，不住地亲母亲的嘴。"你来了，一切都安适快乐了！何况伤口已经结拢，痛楚已经消失呢。"

"这回还是幸运，以后你不要相信世间没有伤害呀。"

小燕子娇语道："我真实遇到的都是好意。伤害之来，我没有知晓，可知他的性质是虚空的。我相信这是末一回了——遇到这虚空的伤害。"

"我们回家去罢。"母亲甜蜜地说。

青子玉儿流泪了，她们舍不得他回家去，又不忍叫他不要回家去。

小燕子安慰她们道："小姑娘，小姑娘，不要哭，我天天来望你们呢。我有新鲜的歌，总要唱给你们听，我有好东西，总要送给你们，因为你们待我好。"

小燕子跟着母亲回家去了。他每天来看望青子和玉儿，唱一回歌，又飞舞一回。每年春天，他从南方回来时，总带些红的白的珊瑚、美丽的贝壳给她们玩。

青子和玉儿见他来了，取出当时那个匣子说："你又归来了，这是你的旧居，来歇歇罢。"

（一九二一，一一，一七）

画眉

　　一个黄金的鸟笼里，养着一只画眉。明亮的阳光照在笼栏上，放出耀眼的光辉，赛过国王的宫殿。盛水的罐儿是碧玉做的，把里边的清水照得像雨后的荷塘。鸟食罐儿是玛瑙做的，颜色跟粟子一模一样。还有架在笼里的三根横棍，预备画眉站在上面的，是象牙做的。盖在顶上的笼罩，预备晚上罩在笼子外边的，是最细的丝织成的缎子做的。

　　那画眉，全身的羽毛油光光的，一根不缺，也没一根不顺溜。这是因为它吃得讲究，每天还要洗两回澡。它舒服极了，每逢吃饱了，洗干净了，就在笼子里跳来跳去。跳累了，就站在象牙的横棍上歇一会儿，或者这一根，或者那一根。这时候，它用嘴刷刷这根羽毛，刷刷那根羽毛，接着，抖一抖身子，拍一拍翅膀，很灵敏地四处看一看，就又跳来跳去了。

　　它叫的声音温柔，婉转，花样多，能让听的人听得出了神，像喝酒喝到半醉的样子。养它的是个阔公子哥儿，爱它简直爱得要命。它喝的水，哥儿要亲自到山泉那儿去取，并且要过滤。吃的粟子，哥儿要亲手拣，粒粒要肥要圆，并且要用水洗过。哥儿为什么要这样费心呢？为什么要给画眉预备这样华丽的笼子呢？因为哥儿爱听画眉唱歌，只要画眉一唱，哥儿就快活得没法说。

说到画眉呢，它也知道哥儿待它好，最爱听它唱歌，它就接连不断地唱歌给哥儿听，哪怕唱累了，还是唱。它不明白张开嘴叫几声有什么好听，猜不透哥儿是什么心。可是它知道，哥儿确是最爱听它唱，那就为哥儿唱吧。哥儿又常跟同伴的姊妹兄弟们说："我的画眉好极了，唱得太好听，你们来听听。"姊妹兄弟们来了，围着看，围着听，都很高兴，都说了很多赞美的话。画眉想："我实在觉不出来自己的叫声有什么好听，为什么他们也一样地爱听呢？"但是这些人是哥儿约来的，应酬不好，哥儿就要伤心，那就为哥儿唱吧。

日子一天天过去，它的生活总是照常，样样都很好。它接连不断地唱，为哥儿，为哥儿的姊妹兄弟们，不过始终不明白自己唱的有什么意义，有什么趣味。

画眉很纳闷，总想找个机会弄明白。有一天，哥儿给它加食添水，忘记关笼门，就走开了。画眉走到笼门边，往外望一望，一跳，就跳到外边，又一飞，就飞到屋顶上。它四处看看，新奇，美丽。深蓝的天空，飘着小白帆似的云。葱绿的柳梢摇摇摆摆，不知谁家的院里，杏花开得像一团火。往远处看，山腰围着淡淡的烟，好像一个刚醒的人，还在睡眼朦胧。它越看越高兴，由这边跳到那边，又由那边跳到这边，然后站住，又看了老半天。

它的心飘起来了，忘了鸟笼，也忘了以前的生活，一兴奋，就飞起来，开始它也不知道是往哪里飞。它飞过绿的草原，飞过满盖黄沙的旷野，飞过波浪拍天的长江，飞过浊流滚滚的黄河，才想休息一会儿。它收拢翅膀，往下落，正好落在一个大城市的城楼上。

下边是街市，行人，车马，拥拥挤挤，看得十分清楚。

稀奇的景象由远处过来了。街道上，一个人半躺在一个左右有两个轮子的木槽子里，另一个人在前边拉着飞跑。还不止一个，这一个刚过去，后边又过来一长串。画眉想："那些半躺在木槽子里的人大概没有腿吧？要不，为什么一定要旁人拉着才能走呢？"它就仔细看半躺在上边的人，原来下半身蒙着很精致的花毛毯，就在毛毯下边，露出擦得放光的最时兴的黑皮鞋。"那么，可见也是有腿了。为什么要别人拉着走呢？这样，一百个人里不就有五十个是废物了吗？"它越想越不明白。

"或者那些拉着别人跑的人以为这件事很有意思吧？"可是细看看又不对。那些人脸涨得通红，汗直往下滴，背上热气腾腾的，像刚揭开盖的蒸笼。身子斜向前，迈着大步，像正在逃命的鸵鸟，这只脚还没完全着地，那只脚早扔了出去。"为什么这样急呢？这是到哪里去呢？"画眉想不明白。这时候，它看见半躺在上边的人用手往左一指，前边跑的人就立刻一顿，接着身子一扭，轮子，槽子，连上边半躺着的人，就一齐往左一转，又一直往前跑。它明白了，"原来飞跑的人是为别人跑。难怪他们没有笑容，也不唱赞美跑的歌，因为他们并不觉得跑是有意义有趣味的。"

它很烦闷，想起一个人当了别人的两条腿，心里不痛快，就很感慨地唱起来。它用歌声可怜那些不幸的人，可怜他们的劳力只为了一个别人，他们做的事没有一些儿意义，没有一些儿趣味。

它不忍再看那些不幸的人，想换个地方歇一会儿，一飞就飞到一座楼房的绿漆栏杆上。栏杆对面是一个大房间，隔着窗户往里看，许多阔气的人正围着桌子吃饭。桌上铺的布白得像雪。刀子，叉子，玻璃酒杯，大大小小的花瓷盘子，都放出晃眼的光。中间是一个大花瓶，里边插着各种颜色的鲜花。围着桌子的人呢，个个红光满面，眼眯着，正在品评酒的滋味。楼下传来声音。它赶紧往楼下看，情形完全变了：一条长木板上，刀旁边，一条没头没尾的鱼，一小堆切成丝的肉，几只去了壳的大虾，还有一些切得七零八碎的鸡鸭。木板旁边，水缸，脏水桶，盘、碗、碟、匙，各种瓶子，煤，劈柴，堆得乱七八糟，遍地都是。屋里有几个人，上身光着，满身油腻，正在弥漫的油烟和蒸汽里忙忙碌碌。一个人脸冲着火，用锅炒什么。油一下锅，锅边上就冒起一团火，把他的脸和胳膊烤得通红。菜炒好了，倒在花瓷盘子里，一个穿白衣服的人接过去，上楼去了。不一会儿，就由楼上传出欢笑的声音，刀子和叉子的光又在桌面上闪晃起来。

画眉就想："楼下那些人大概是有病吧？要不，为什么一天到晚在火旁边烤着呢。他们站在那里忙忙碌碌，是因为觉得很有意义很有趣味吗？"可是细看看，都不大对。"要是受了寒，为什么不到家里蒙上被躺着？要是觉得有意义，有趣味，为什么脸上一点儿笑容也没有？菜做熟了为什么不自己吃？对了，他们是听了穿白衣服的人的吩咐，才皱着眉，慌手慌脚地洗这个炒那个的。他们忙碌，不是自己要这样，是因为别人要吃才这样。"

它很烦闷，想起一个人成了别人的做菜机器，心里不痛快，就很感慨地唱起来。它用歌声可怜那些不幸的人，可怜他们的劳力只为一些别人，他们做的事没有一些儿意义，没有一些儿趣味。

它不忍再看那些不幸的人，想换个地方歇一会儿，一展翅就飞起来。飞过一条弯弯曲曲的僻静的胡同，从那里悠悠荡荡地传出三弦和一个女孩子歌唱的声音。它收拢翅膀，落在一个屋顶上。屋顶上有个玻璃天窗，它从那里往下看，一把椅子，上边坐着个黑大汉，弹着三弦，一个十三四岁的女孩子站在旁边唱。它就想："这回可看到幸福的人了！他们正奏乐唱歌，当然知道音乐的趣味了。我倒要看看他们快乐到什么样子。"它就一面听，一面仔细看。

没想到完全不是那么回事，它又想错了。那个女孩子唱，越唱越紧，越唱越高，脸涨红了，拔那个顶高的声音的时候，眉皱了好几回，额上的青筋也胀粗了，胸一起一伏，几乎接不上气。调门好容易一点点地溜下来，可是唱词太繁杂，字像流水一样往外滚，连喘口气也为难，后来嗓子都有点儿哑了。三弦和歌唱的声音停住，那个黑大汉眉一皱，眼一瞪，大声说："唱成这样，凭什么跟人家要钱！再唱一遍！"女孩子低着头，眼里水汪汪的，又随着三弦的声音唱起来。这回像是更小心了，声音有些颤。

画眉这才明白了，"原来她唱也是为别人。要是她可以自己作主张，她早就到房里去休息了。可是办不到，为了别人爱听，为了挣别人的钱，她不能不硬着头皮练习。那个弹三弦的人呢，也一样是为别人才弹，才逼着女孩子随着唱。什么意义，什么趣味，他们真是连做梦也没想到。"

它很烦闷，想起一个人成了别人的乐器，心里很不痛快，就感慨地唱起来。它用歌声可怜那些不幸的人，可怜他们的劳力只为一些别人，他们做的事没有一些儿意义，没有一些儿趣味。

画眉决定不回去了，虽然那个鸟笼华丽得像宫殿，它也不愿意再住在里边了。它觉悟了，因为见了许多不幸的人，知道自己以前的生活也是很可怜的。没意义的唱歌，没趣味的唱歌，本来是不必唱的。为什么要为哥儿唱，为哥儿的姊妹兄弟们唱呢？当初糊里糊涂的，以为这种生活还可以，现在见了那些跟自己一样可怜的人，就越想越伤心。它忍不住哭了，眼泪滴滴答答的，简直成了特别爱感伤的杜鹃了。

它开始飞，往荒凉空旷的地方飞。晚上，它住在乱树林子里；白天，它高兴飞就飞，高兴唱就唱。饿了，就随便找些野草的果实吃。脏了，就到溪水里去洗澡。四处不再有笼子的栏杆围住它，它愿意怎么样就怎么样。有时候，它也遇见一些不幸的东西，它伤心，它就用歌声来破除愁闷。说也奇怪，这么一唱，心里就痛快了，愁闷像清晨的烟雾，一下子就散了。要是不唱，就憋得难受。从这以后，它知道什么是歌唱的意义和趣味了。

世界上，到处有不幸的东西，不幸的事儿——都市，山野，小屋子里，高楼大厦里。画眉有时候遇见，就免不了伤一回心，也就免不了很感慨地唱一回歌。它唱，是为自己，是为值得自己关心的一切不幸的东西，不幸的事儿。它永远不再为某一个人或某几个人的高兴而唱了。

画眉唱，它的歌声穿过云层，随着微风，在各处飘荡。工厂里的工人，田地上的农夫，织布的女人，奔跑的车夫，掉了牙的老牛，皮包骨的瘦马，场上表演的猴子，空中传信的鸽子……听见画眉的歌声，都心满意足，忘了身上的劳累，忘了心里的愁苦，一齐仰起头，嘴角上挂着微笑，说："歌声真好听！画眉真可爱！"

（1922年3月24日写毕　原题为《画眉鸟》）

稻草人

　　田野里白天的风景和情形，有诗人把它写成美妙的诗，有画家把它画成生动的画。到了夜间，诗人喝了酒，有些醉了；画家呢，正在抱着精致的乐器低低地唱，都没有工夫到田野里来。那么，还有谁把田野里夜间的风景和情形告诉人们呢？有，还有，就是稻草人。

　　基督教里的人说，人是上帝亲手造的。且不问这句话对不对，咱们可以套一句说，稻草人是农人亲手造的。他的骨架子是竹园里的细竹枝，他的肌肉、皮肤是隔年的黄稻草。破竹篮子、残荷叶都可以做他的帽子；帽子下面的脸平板板的，分不清哪里是鼻子，哪里是眼睛。他的手没有手指，却拿着一把破扇子——其实也不能算拿，不过用线拴住扇柄，挂在手上罢了。他的骨架子长得很，脚底下还有一段，农人把这一段插在田地中间的泥土里，他就整天整夜站在那里了。

　　稻草人非常尽责任。要是拿牛跟他比，牛比他懒怠多了，有时躺在地上，抬起头看天。要是拿狗跟他比，狗比他顽皮多了，有时到处乱跑，累得主人四处去找寻。他从来不嫌烦，像牛那样躺着看天；也从来不贪玩，像狗那样到处乱跑。他安安静静地看着田地，手里的扇子轻轻摇动，赶走那些飞来的小雀，他们是来吃新结的稻穗的。他不吃饭，也不睡觉，就是坐下歇一歇也不肯，总是直挺挺地站在那里。

这是当然的，田野里夜间的风景和情形，只有稻草人知道得最清楚，也知道得最多。他知道露水怎么样凝在草叶上，露水的味道怎么样香甜；他知道星星怎么样眨眼，月亮怎么样笑；他知道夜间的田野怎么样沉静，花草树木怎么样酣睡；他知道小虫们怎么样你找我、我找你，蝴蝶们怎么样恋爱：总之，夜间的一切他都知道得清清楚楚。

以下就讲讲稻草人在夜间遇见的几件事儿。

一个满天星斗的夜里，他看守着田地，手里的扇子轻轻摇动。新出的稻穗一个挨一个，星光射在上面，有些发亮，像顶着一层水珠；有一点儿风，就沙啦沙啦地响。稻草人看着，心里很高兴。他想，今年的收成一定可以使他的主人——一位可怜的老太太——笑一笑了。她以前哪里笑过呢？八九年前，她的丈夫死了。她想起来就哭，眼睛到现在还红着；而且成了毛病，动不动就流泪。她只有一个儿子，娘儿两个费苦力种这块田，足足有三年，才勉强把她丈夫的丧葬费还清。没想到儿子紧接着得了白喉，也死了。她当时昏过去了，后来就落了个心痛的毛病，常常犯。这回只剩她一个人了，老了，没有气力，还得用力耕种，又挨了三年，总算把儿子的丧葬费也还清了。可是接着两年闹水，稻子都淹了，不是烂了就是发了芽。她的眼泪流得更多了，眼睛受了伤，看东西模糊，稍微远一点儿就看不见。她的脸上满是皱纹，倒像个风干的橘子，哪里会露出笑容来呢！可是今年的稻子长得好，很壮实，雨水又不多，像是能丰收似的。所以稻草人替她高兴：想到收割的那一天，她看见收下的稻穗又大又饱满，这都是她自己的，总算没有白受累，脸上的皱纹一定会散开，露出安慰的满意的笑容吧。如果真有这一笑，在稻草人看来，那就比星星月亮的笑更可爱，更可珍贵，因为他爱他的主人。

稻草人正在想的时候，一个小蛾飞来，是灰褐色的小蛾。他立刻认出那小蛾是稻子的仇敌，也就是主人的仇敌。从他的职务想，从他对主人的感情想，都必须把那小蛾赶跑了才是。于是他手里的扇子摇动起来。可是扇子的风很有限，不能够教小蛾害怕。那小蛾飞了一会儿，落在一片稻叶上，简直像不觉得稻草人在那里驱逐他似的。稻草人见小蛾落下了，心里非常着急。可是他的身子跟树木一样，定在泥土里，想往前移动半步也做不到；扇子尽管摇动，那小蛾却依旧稳稳地歇着。他想到将来田里的情形，想到主人的眼泪和干瘪的脸，又想到主人的命运，心里就像刀割一样。但是那小蛾是歇定了，不管怎么赶，他就是不动。

星星结队归去，一切夜景都隐没的时候，那小蛾才飞走了。稻草人仔细看那片稻叶，果然，叶尖卷起来了，上面留着好些小蛾下的子。这使稻草人感到无限惊恐，心想祸事真个来了，越怕越躲不过。可怜的主人，她有的不过是两只模糊的眼睛；要告诉她，使她及早看见小蛾下的子，才能挽救呢。他这么想着，扇子摇得更勤了。扇子常常碰在身体上，发出啪啪的声音。他不会叫喊，这是惟一的警告主人的法子了。

老妇人到田里来了。她弯着腰，看看田里的水正合适，不必再从河里车水进来。又看看她手中的稻子，全很壮实；摸摸稻穗，沉甸甸的。再看看那稻草人，帽子依旧戴得很正；扇子依旧拿在手里，

摇动着，发出啪啪的声音；并且依旧站得很好，直挺挺的，位置没有动，样子也跟以前一模一样。她看一切事情都很好，就走上田岸，预备回家去搓草绳。

稻草人看见主人就要走了，急得不得了，连忙摇动扇子，想靠着这急迫的声音把主人留住。这声音里仿佛说："我的主人，你不要去呀！你不要以为田里的一切事情都很好，天大的祸事已经在田里留下根苗了。一旦发作起来，就要不可收拾，那时候，你就要流干了眼泪，揉碎了心；趁着现在赶早扑灭，还来得及。这儿，就在这一棵上，你看这棵稻子的叶尖呀！"他靠着扇子的声音反复地警告；可是老妇人哪里懂得，一步一步地走远了。他急得要命，还在使劲摇动扇子，直到主人的背影都望不见了，他才知道警告是无效了。

除了稻草人以外，没有一个人为稻子发愁。他恨不得一下子跳过去，把那灾害的根苗扑灭了；又恨不得托风带个信，叫主人快快来铲除灾害。他的身体本来很瘦弱，现在怀着愁闷，更显得憔悴了，连站直的劲儿也不再有，只是斜着肩，弯着腰，好像害了病似的。

不到几天，在稻田里，蛾下的子变成的肉虫，到处都是了。夜深人静的时候，稻草人听见他们咬嚼稻叶的声音，也看见他们越吃越馋的嘴脸。渐渐地，一大片浓绿的稻全不见了，只剩下光秆儿。他痛心，不忍再看，想到主人今年的辛苦又只能换来眼泪和叹气，禁不住低头哭了。

这时候天气很凉了，又是在夜间的田野里，冷风吹得稻草人直打哆嗦；只因为他正在哭，没觉得。忽然传来一个女人的声音："我当是谁呢，原来是你。"他吃了一惊，才觉得身上非常冷。但是有什么法子呢？他为了尽责任，而且行动不由自主，虽然冷，也只好站在那里。他看那个女人，原来是一个渔妇。田地的前面是一条河，那渔妇的船就停在河边，舱里露出一丝微弱的火光。她那时正在把撑起的鱼罾放到河底；鱼罾沉下去，她坐在岸上，等过一会儿把它拉起来。

　　舱里时常传出小孩子咳嗽的声音，又时常传出困乏的、细微的叫妈的声音。这使她很焦心，她用力拉罾，总像很不顺手，并且几乎回回是空的。舱里的孩子还在咳嗽还在喊，她就向舱里说："你好好儿睡吧！等我得着鱼，明天给你煮粥吃。你老是叫我，叫得我心都乱了，怎么能得着鱼呢！"

　　孩子忍不住，还是喊："妈呀，把我渴坏了！给我点儿茶喝！"接着又是一阵咳嗽。

　　"这里哪来的茶！你老实一会儿吧，我的祖宗！"

　　"我渴死了！"孩子竟大声哭起来。在空旷的夜间的田野里，这哭声显得格外凄惨。

　　渔妇无可奈何，放下拉罾的绳子，上了船，进了舱，拿起一个碗，从河里舀了一碗水，转身给孩子喝。孩子一口气把水喝下去，他实在渴极了。可是碗刚放下，他又咳嗽起来；而且更厉害了，后来就只剩下喘气。

　　渔妇不能多管孩子，又上岸去拉她的罾。好久好久，舱里没有声音了，她的罾也不知又空了几回，才得着一条鲫鱼，有七八寸长。这是头一次收获，她很小心地把鱼从罾里取出来，放在一个木桶里，接着又把罾放下去。这个盛鱼的木桶就在稻草人的脚旁边。

　　这时候稻草人更加伤心了。他可怜那个病孩子，渴到那样，想一口茶喝都办不到；病到那样，还不能跟母亲一起睡觉。他又可怜那个渔妇，在这寒冷的深夜里打算明天的粥，所以不得不硬着心肠把生病的孩子扔下不管。他恨不得自己去作柴，给孩子煮茶喝；恨不得自己去作被褥，给孩子一些温暖；又恨不得夺下小肉虫的赃物，给渔妇煮粥吃。如果他能走，他一定立刻照着他的心愿做；但是不幸，他的身体跟树木一个样，定在泥土里，连半步也不能动。他没有法子，越想越伤心，哭得更痛心了。忽然啪的一声，他吓了一跳，停住哭，看出了什么事情，原来是鲫鱼被扔在木桶里。

木桶里的水很少，鲫鱼躺在桶底上，只有靠下的一面能够沾一些潮润。鲫鱼很难受，想逃开，就用力向上跳。跳了好几回，都被高高的桶框挡住，依旧掉在桶底上，身体摔得很疼。鲫鱼的向上的一只眼睛看见稻草人，就哀求说："我的朋友，你暂且放下手里的扇子，救救我吧！我离开我的水里的家，就只有死了。好心的朋友，救救我吧！"

听见鲫鱼这样恳切的哀求，稻草人非常心酸；但是他只能用力摇动自己的头。他的意思是说："请你原谅我，我是个柔弱无能的人哪！我的心不但愿意救你，并且愿意救那个捕你的妇人和她的孩子，除了你、渔妇和孩子，还有一切受苦受难的。可是我跟树木一样，定在泥土里，连半步也不能自由移动，我怎么能照我的心愿去做呢！请你原谅我，我是个柔弱无能的人哪！"

鲫鱼不懂稻草人的意思，只看见他连连摇头，愤怒就像火一般地烧起来了。"这又是什么难事！你竟没有一点儿人心，只是摇头！原来我错了，自己的困难，为什么求别人呢！我应该自己干，想法子，不成，也不过一死罢了，这又算得了什么！"鲫鱼大声喊着，又用力向上跳，这回用了十二分力，连尾巴和胸鳍的尖端都挺了起来。

　　稻草人见鲫鱼误解了他的意思，又没有方法向鲫鱼说明，心里很悲痛，就一面叹气一面哭。过了一会儿，他抬头看看，渔妇睡着了，一只手还拿着拉罾的绳；这是因为她太累了，虽然想着明天的粥，也终于支持不住了。桶里的鲫鱼呢？跳跃的声音听不见了，尾巴好像还在断断续续地拨动。稻草人想，这一夜是许多痛心的事都凑在一块儿了，真是个悲哀的夜！可是看那些吃稻叶的小强盗，他们高兴得很，吃饱了，正在光秆儿上跳舞呢。稻子的收成算完了，主人的衰老的力量又白费了，世界上还有比这更可怜的吗！

　　夜更暗了，连星星都显得无光。稻草人忽然觉得由侧面田岸上走来一个黑影，近了，仔细一看，原来是个女人，穿着肥大的短袄，头发很乱。她站住，望望停在河边的渔船；一转身，向着河岸走去；不多几步，又直挺挺地站在那里。稻草人觉得很奇怪，就留心看着她。

　　一种非常悲伤的声音从她的嘴里发出来，微弱，断断续续，只有听惯了夜间一切细小声音的稻草人才听得出。那声音说："我不是一头牛，也不是一口猪，怎么能让你随便卖给人家！我要跑，不能等着明天真个被你卖给人家。你有一点儿钱，不是赌两场输了就是喝几天黄汤花了，管什么用！你为什么一定要逼我？……只有死，除了死没有别的路！死了，到地下找我的孩子去吧！"这些话又哪里成话呢，哭得抽抽搭搭的，声音都被搅乱了。

　　稻草人非常心惊，又是一件惨痛的事情让他遇见了。她要寻死呢！他着急，想救她，自己也不知道为什么。他又摇起扇子来，想叫醒那个沉睡的渔妇。但是办不到，那渔妇睡得跟死了似的，一动也不动。他恨自己，不该像树木一样定在泥土里，连半步也不能动。见死不救不是罪恶吗？自己就正在犯着这种罪恶。这真是比死还难受的痛苦哇！"天哪，快亮吧！农人们快起来吧！鸟儿快飞去报信吧！风快吹散她寻死的念头吧！"他这样默默地祈祷；可是四围还是黑洞洞的，也没有一丝儿声音。他心碎了，怕看又不能不看，就胆怯地死盯着站在河边的黑影。

那女人沉默着站了一会儿，身子往前探了几探。稻草人知道可怕的时候到了，手里的扇子拍得更响。可是她并没跳，又直挺挺地站在那里。

又过了好大一会儿，她忽然举起胳膊，身体像倒下一样，向河里窜去。稻草人看见这样，没等到听见她掉在水里的声音，就昏过去了。

第二天早晨，农人从河岸经过，发现河里有死尸，消息立刻传出去。左近的男男女女都跑来看。嘈杂的人声惊醒了酣睡的渔妇，她看那木桶里的鲫鱼，已经僵僵地死了。她提了木桶走回船舱；生病的孩子醒了，脸显得更瘦了，咳嗽也更加厉害。那老农妇也随着大家到河边来看；走过自己的稻田，顺便看了一眼。没想到才几天工夫，完了，稻叶稻穗都没有了，只留下直僵僵的光秆儿。她急得跺脚，捶胸，放声大哭。大家跑过来问她劝她，看见稻草人倒在田地中间。

（1922年6月7日写毕）

芳儿的梦

　　芳儿看姊姊采了许多许多凤仙花，白的，红的，绯色的，撒锦的，用细线把花扎起来，扎成了一个又大又圆的球。姊姊把大花球挂在窗前，看着它只是笑。大花球摇摇晃晃，花瓣儿微微抖动，好像害羞似的。芳儿想："这个花球跟学生们踢的皮球差不多大，挂在窗前干什么呢？凤仙的枝上要是能开这样大的花球就好了，我就可以把它当皮球踢了。姊姊只是看着它笑，难道花球会飞到天上去吗？"

　　芳儿正想着出神，姊姊问他说："明天妈妈生日，你送什么东西给她做礼物呢？你看我这花球多么好！花是我种的，也是我采的。我把它扎成了这样一个花球。妈妈看了，一定说我能干，说我爱她。"

　　芳儿想："姊姊有礼物，我自然也要送给妈妈一件礼物。我的礼物一定要比她的好。送一只小猎狗吧？不行，小猎狗是妈妈给我的，怎么能送还给妈妈呢？送积木吧？不行。积木是舅舅给的，还是妈妈给带回来的呢，怎么能送给妈妈呢？送一朵大理花吧？也不行。姊姊送了凤仙花球，我也送花，不是跟姊姊的礼物相重了吗？"

　　芳儿心里不自在起来。他不看姊姊扎的花球了，低着头坐在小椅子上默默地想。他想到树林里的香草、山坡上的小石子儿、溪边的翠鸟、小河里的金鱼；他想到家里所有的一切东西，街上所有的一切东西，野外所有的一切东西，想来想去都不合适，都不配送给妈妈做生日的礼物。他要找一件非常稀罕的、独一无二的东西，拿来送给妈妈。这样才能让妈妈得到连做梦也想不到的欢喜，才能表达对妈妈的比海还深的爱。

但是这件东西在哪里呢？

月亮升起来得真早啊，她躲在屋角后边偷偷地瞧着芳儿呢。院子的一个角落亮起来了，缠绕在篱笆上的茑萝也发出光彩了。白天看那茑萝，就像姊姊的新衣裳似的，嫩绿的底子绣上了许多小红花；现在颜色变了，都涂上了一层银色的光。

芳儿感觉到月亮在偷看他，不由得抬起头来。他说："月亮姊姊，你来得好早。我要送一件东西给妈妈，做她生日的礼物。这件东西要非常美丽，非常难得，要让妈妈能得到连做梦也想不到的欢喜，要能表达我对妈妈的比海还深的爱。聪明的月亮姊姊，你一定知道这是一件什么东西，请告诉我吧！"

月亮只是对着芳儿微笑。她越走越近了，全身射出活泼的光。

月亮身边浮着些儿淡淡的微云，他们穿着又轻又白的衣裳，飘呀飘呀，好像跳舞的女郎。他们怕月亮寂寞，所以陪着她；他们怕月亮力乏，所以托着她。

芳儿把他的心事告诉给云，恳求他们说："云哥哥，你们伴着月亮出来玩儿吗？我要送一件东西给妈妈，做她生日的礼物。这件东西要非常美丽，非常难得，要让妈妈能得到连做梦也想不到的欢喜，要能表达我对妈妈的比海还深的爱。聪明的云哥哥，你们一定

知道这是一件什么东西，请告诉我吧！"

云哥哥们只是拥着月亮姐姐，在深蓝色的天幕上一边跳舞，一边前进。

芳儿想，他们玩儿得太高兴了，高兴得没听到他在说话。他就把小椅子搬到了院子里，索性坐下来看他们跳舞。起先，月亮姐姐跳的是节奏很快的小步舞，云哥哥们紧紧地追随着，又轻又白的衣裳都飘了起来，更加好看了。后来月亮姐姐好像疲倦了，在中天站住了。云哥哥们围绕着她，缓慢地兜着圈子，衣裳渐渐垂下来了。

芳儿趁这个时候，把他的心事又说了一遍，恳求月亮姐姐和云哥哥们给他指点。他留心看天上，月亮姐姐和云哥哥们真个听见了他的话了。月亮姐姐堆着笑脸，看着身边；云哥哥们从宽大的白衣袖里伸出手来，指着身边。他们身边有无数灿烂的星星，原来他们指的就是星星。

芳儿快活极了，他明白了："这才是最美妙的礼物呢。月亮姐姐和云哥哥们真聪明呀！姐姐送给妈妈一个花球，我送给妈妈一个星星串成的项链。明天，我要把星星项链亲手挂在妈妈的脖子上，让无数耀眼的光从妈妈身上射出来，不是非常美丽吗？人家的妈妈戴珍珠串成的项链，戴宝石串成的项链，都是人间有的东西。我送给妈妈的，却是一个星星串成的项链，不是非常稀罕吗？我把这样的一个项链挂在妈妈的脖子上，妈妈自然欢喜得连做梦也想不到。别人当然想不到送这样的礼物，只有我送这样的礼物，因为我爱妈妈爱得比海还深。"

芳儿谢谢月亮姐姐，谢谢云哥哥们，对他们说："祝愿你们永远美丽，永远快乐，永远笑，永远跳舞，永远帮助我，告诉我我所想不到的一切事儿。"

这时候，芳儿的姊姊也到院子里来乘凉了。她端一张藤椅，坐在芳儿旁边，脸上还带着笑。她正在想，凤仙花球多么美丽，妈妈见了会怎样欢喜。

芳儿拿姊姊的手轻轻地贴在自己的脸上，看着姊姊说："我已经想到了送给妈妈的礼物。好极了，比你的凤仙花球好几百倍。我现在不告诉你。"

"什么好东西？好弟弟，快说给我听吧。"

"我不说，明天你看就是了。这个东西近在眼前，远在天边，没有什么比它更美丽的了，谁都不曾有过。"

芳儿不说，姊姊只好猜。她猜了许许多多东西，香草、小石子儿、翠鸟、金鱼，家里所有的一切东西，街上所有的一切东西，野外所有的一切东西，她都猜遍了。芳儿只是笑，只是摇头。姊姊急了，双手合十，央求他说："拜托你，好弟弟，你告诉了我吧。我一定不告诉别人。夜晚睡了，我连枕头也不告诉。好弟弟，快说吧！"

芳儿说："你一定要我说，得先依我一件事儿。咱们俩先跳一会儿绳。跳过绳，我再告诉你。"

姊姊就和芳儿一同跳起绳来。月亮从头顶上射下来，院子里一片银光，他们俩全身浴在银光里，两个短短的影子在地上舞动，姊姊的头发飘了起来，影子更加好看了。他们先把绳子向前甩，再把绳子向后甩，最后两人并排一起跳。四只小小的脚像燕子点水似的，刚着地又离开了地面。绳子在脚底下一闪而过，几乎分辨不清。他们俩好像被包在一个透明的大圆球里。

姊姊喘息了，芳儿也满脸是汗，他们才停了下来。芳儿坐在小椅子上用手拭脸上的汗。姊姊催他说："我依了你了，现在你好说了，究竟是什么东西？"

芳儿凑在姊姊的耳边说："我的礼物是星星串成的项链。"

芳儿睡在雪白的罗帐里，睡得很熟，脸上好像在笑，呼吸很均匀。他应当有一个可爱的梦。

他起来了，是月亮姊姊催他起来的。月亮姐姐穿了一身淡蓝色的衣裳，笑的时候露出银色的牙齿。芳儿觉得她可爱极了，就投到了她的怀里。月亮姐姐拍拍他的背，对他说："你忘记了要送给妈妈的礼物了吗？跟着我去吧，我带你去取。"

芳儿非常感激月亮姐姐，催她快点儿动身。月亮姐姐牵着芳儿的手，一同轻轻地飘起来了。虽然离开了地面在空中迈步，芳儿觉得两只脚仍旧像踏在地面上似的。向下边望，地面上的一切都睡着了，盖着一条无边无际的银被。再看月亮姊姊，她那淡蓝色的衣裳被风吹得飘了起来，真是一位仙女。

芳儿的步子越迈越快，好像不费一点儿力气，星星就在他身边了，一颗颗都像荔枝那么大，光亮耀得他眼睛都花了。他已经来到星星的群中，前后左右都是星星；他好像走进了一座结满果子的树林，只要一伸手，就可以摘到；再看看自己，自己被星星照得通身透亮。他快乐极了，就动手摘起星星来。

星星轻得几乎没有分量，摘起来挺容易，他一连摘了几百颗，用衣裳兜着，快要兜满了。月亮姊姊送给他一条美丽的丝绳，还帮他把一颗颗星星贯串起来，串成项链。

这样美丽的项链，世界上从来没有过，现在却在芳儿手里。他要把这样一条项链送给妈妈，作为妈妈生日的礼物。

芳儿心里想的，就是要让妈妈得到连做梦也想不到的欢喜，就是要表达他对妈妈的比海还深的爱。他捧着星星项链，飞奔回家，刚跨进门，他就大声喊："妈妈！妈妈！您在哪里？我送给您一件礼物，最最美丽的礼物，最最稀罕的礼物。"

妈妈跑出来，把芳儿抱在怀里。芳儿举起双臂，把星星项链挂在妈妈的脖子上。无法形容的透亮的光，从妈妈身上射出来，妈妈就成了一位仙女了。芳儿自己不也成了个小仙人了吗？看着妈妈脸上的慈祥的笑，芳儿快活得手舞足蹈起来。

芳儿的手和腿一动，他的梦就醒了。妈妈正伏在他的枕头旁边，脸上的慈祥的笑，正跟芳儿在梦中看到的一个模样。

（1921年12月26日写毕）

鲤鱼的遇险

　　清澈见底的小河是鲤鱼们的家。白天，金粉似的太阳光洒在河面上，又细又软的波纹好像一层薄薄的轻纱。在这层轻纱下面，鲤鱼们过着十分安逸的日子。夜晚，湛蓝的天空笼罩着河面，小河里的一切都睡着了。鲤鱼们也睡着了，连梦儿也十分甜蜜，有银盘似的月亮和宝石似的星星在天空里守着它们。

　　鲤鱼们从来没遇到过可怕的事儿，它们不懂得害怕，不懂得防备，不懂得逃避。它们慢慢地游来游去，非常轻松，非常快活。有时候大家争夺一片浮萍，都划动鳍，甩动尾巴往上蹿，抢在头里那一条衔住浮萍，掉头往河底一钻；别的鲤鱼都头碰在一起，"泼刺"一声，河面上掀起一朵浪花。一会儿，声音息了，浪花散了，河面又恢复了平静。鲤鱼过的就是这样平静的生活。如果你站在岸上，一定不会觉察它们，就跟河里没有它们一个样。

　　鲤鱼的好朋友是雪白的天鹅和五彩的鸳鸯。它们都能游水，像小船一样浮在河面上。每年秋天，它们从北方飞来，来到小河里探望鲤鱼们，把它们的有趣的旅行讲给鲤鱼们听。鲤鱼们把它们新学会的舞蹈演给天鹅和鸳鸯看。它们高兴极了，每天的生活都是新鲜的，都有非常浓的趣味。因此鲤鱼们都抱着一种信念：凡是太阳月亮和星星照到的地方，都跟它们的小河一样平静，都有要好的朋友，都有新鲜的生活，都充满着非常浓的趣味。

大鲤鱼把它的信念告诉小鲤鱼，鲤鱼哥哥也这样告诉鲤鱼弟弟，鲤鱼姊姊也这样告诉鲤鱼妹妹。大家都说："这话不错，咱们这条河的确如此。咱们这条河有太阳月亮星星照着，因而可以相信，凡是太阳月亮星星照到的地方，都跟咱们这条河一个样。世界多么快活呀！咱们真幸福，生活在这样快活的世界上。"这几句话差不多成了鲤鱼赞美世界的歌儿了。每当太阳快落下去，微风轻轻吹过，河面上好像天国一般的时候，每当月亮才升起来，星星照耀，朦胧的夜色好像仙境一般的时候，鲤鱼们就唱起这首赞美的歌儿来，庆祝它们的幸福生活。

这一天跟平常没有什么两样，河面上来了一条小船。鲤鱼们一点儿不奇怪，常常有孩子们的游船在这里经过。那些男孩子女孩子看见了鲤鱼们，总要把美丽的小脸靠在船舷上，挥着小手招呼它们，带着笑说："鲤鱼们，快来快来，给你们馒头吃，给你们饼干吃。好吃的东西多着呢，鲤鱼们，快来快来！"鲤鱼们就游到水面上来，和男孩子女孩子一同玩儿。

鲤鱼们看到小船，以为孩子们又来了，照旧快快活活地游到水面上来。可是这一回，小船上没有男孩子也没有女孩子；摇橹的是一个从来没见过的人，船舷上歇着十几只黑色的鸬鹚，正仰起脑袋望天呢。鲤鱼们想，鸬鹚虽然不是老朋友，可是鸬鹚的同类——鸳鸯和天鹅都是我们最要好的朋友，咱们跟鸬鹚一定也可以成为朋友的；朋友们第一次经过这里，理当好好儿款待。

鲤鱼们这样想着，就用欢迎的口气说："不相识的朋友们，你

们难得到这里来,歇一会儿再走吧。我们跟天鹅和鸳鸯都是老朋友,我们相信,你们不久也会成为我们的老朋友的。未来的老朋友,请到水面上来谈谈心吧,不要老歇在船舷上。"鲤鱼的邀请是非常恳切的,它们都仰着脸,等候客人们下水。

船舷上的鸬鹚不再看天了。它们听见了鲤鱼们的邀请,向河里看了看,都扑着翅膀,"扑通……扑通……"跳下水来。看见鲤鱼,它们就一口衔住,跳上船去,吐在一只木桶里。十几只鸬鹚一忽儿上一忽儿下,小河上起了一阵从未有过的骚扰。鲤鱼们才感到害怕,才没命地逃,才钻进河底的烂泥里。那些突然变脸的陌生客人,把它们吓得浑身发抖。

不一会儿,小船摇走了,水声跟着水花一同消失了。吓坏了的鲤鱼们才悄悄地从烂泥里游出来。小河恢复了往日的平静,但是恐惧和忧虑充满了鲤鱼们的心。看着许多同伴被那突然变脸的陌生客人给劫走了,大家忍不住流泪了。陌生朋友还会再来,还会把同伴劫走,谁都处在危险之中,而且时刻处在危险之中。谁想得到这些天鹅和鸳鸯的同类竟是强盗。世界上竟有这样叫人没法预料的事儿!鲤鱼们于是产生了一种新的信念:它们的小河现在变了,变得如地狱一样可怕。凡是太阳月亮和星星照到的地方,看起来虽然又平静又美丽,实际上都跟它们住的小河一个样,都是可怕的地狱。

大鲤鱼把这个新的信念告诉小鲤鱼,鲤鱼哥哥也这样告诉鲤鱼弟弟,鲤鱼姊姊也这样告诉鲤鱼妹妹。大家都说:"这话不错,咱们这条河现在变了。不然,咱们这样恳切地欢迎客人,怎么客人反倒把咱们的同伴劫走了呢!咱们这条河也变了,说不定别的地方早就变了,整个世界早就变了。咱们造了什么孽,碰上了这个可怕的时代！"这几句话差不多成了鲤鱼追念过去的美好的生活的挽歌。

木桶里的鲤鱼们怎么样了呢？木桶里只有薄薄的一片水，鲤鱼们只能半边身子沾着水。它们被鸬鹚一口衔住就吓掉了魂，还不知道被扔进了木桶里。后来有几条醒过来了，觉得朝上的半边身子干得难受。它们只好用一只眼睛朝天看，看到的世界全变了样。它们划动鳍甩动尾巴，可是丝毫没有用，半边身子老贴着桶底。它们不知道今天怎么会弄成这个样子，也不知道如今到了什么地方。它们能看到的只是木板的墙，还有跟自己一样躺着没法动弹的同伴。它们互相问："你知道吗，咱们如今在什么地方？"

大家的回答全一样："我也不明白。我只看到木板的墙，只看到跟你一样动不了身子的同伴。"

"这真是个奇怪地方，"一条鲤鱼叹了口气说，"周围都是墙，又不给咱们足够的水。咱们连动一动身子也办不到，恐怕连性命都要保不住了。咱们再也回不了家，见不着咱们的同伴了。"

一条小鲤鱼闭了闭眼睛，它那只朝着天的眼睛又干又涩。它说："我还想不清楚，咱们怎么会到这个奇怪的地方来的！咱们不是做梦吧？"

一条细长的鲤鱼用尾巴拍了拍桶底，用干渴得发沙的声音说："我想起来了，你们难道都不记得了吗？咱们的小河上来了一条小船，船舷上歇着许多穿黑衣服的客人，跟天鹅和鸳鸯一样也长着翅膀。咱们不是还欢迎它们来着？它们就跳到水里来了。我分明记得一位客人看准我就是一口，后来怎么样，我就不清楚了。我想，一定是那些穿黑衣服的客人把咱们请到这儿来的。"

那条小鲤鱼接嘴说："这样说来，咱们一定在做梦。天下哪会有这样的事儿，咱们欢迎客人，客人却把咱们送到这样的鬼地方来了。"

另外一条鲤鱼悲哀地说："不管做梦不做梦，咱们现在都干得难受。要挪动一下身子吧，鳍和尾巴都不管用。咱们总得想个办法，来解除咱们的痛苦。"

鲤鱼们于是想起办法来。有的说："只要打破这木板墙就成了！"有的说："只要从河里打点儿水来就成了！"有的说："咱们还是忍耐一下吧，痛苦也许就会过去。"办法提出了三个，可是三个办法都立刻让同伴们驳倒了。"身子都动弹不了，能打得破木板墙呢？""打点儿水来固然好，可是谁去打呢？""忍耐可不是办法。没有水，躺在这儿只有等死！"

大家再也想不出别的办法，只有躺着叹气，连划动鳍甩动尾巴的力气也没有了。贴着桶底的那只眼睛只看见一片黑暗，朝天的那只只能看到可恶的木板墙和可怜的命运相同的同伴。它们又谈论起来：

"客人来到咱们家，咱们没有一次不是这样欢迎的。谁想得到这一回上了大当！"

"这不能怪咱们。那些穿黑衣服的强盗不是也长着翅膀吗？咱们以为它们跟天鹅、鸳鸯一样和善，一样会接受咱们的好意。谁知道它们竟这样坏！"

"把咱们留在这里，它们有什么好处呢？大家客客气气、亲亲热热，岂不好吗？"

"世界上会有这样的事，真是世界的耻辱！咱们先前赞美世界，说世界上充满了快乐。现在咱们懂得了，世界实在包含着悲哀和痛苦。咱们应当诅咒这个世界。"

"应当诅咒！不要说咱们只是小小的鲤鱼，不要说咱们的喉咙已经干得发沙了。咱们的声音一定能激励所有的狂风，把世界上的悲哀和痛苦一齐吹散。"

"对，对，咱们还有力气诅咒，咱们就诅咒吧！诅咒这木板墙，挡着咱们不让咱们看见外边的木板墙！诅咒那些穿黑衣服的强盗吧，不领受咱们的好意而欺骗咱们的强盗！咱们更要诅咒这个世界，诅咒这个有木板墙和黑衣服强盗的世界！"

它们一齐诅咒。诅咒的声音中含着叹息，含着极深的痛苦和悲哀。

不知过了多少时候，很奇怪，鲤鱼们的身上反而觉得潮润了点儿。难道那些强盗悔悟了，觉得自己做错了事，特地打了水来救助它们了？难道木板墙破了，外边的水渗进来了？大家正在议论纷纷，一条聪明的小鲤鱼看出来了。它说："强盗怎么会来救助咱们呢？木板墙自己怎么会破呢？咱们还没干死，是咱们自己救了自己。大家没觉察吗，沾湿咱们的就是咱们自己的泪水呀！泪水从咱们的心底里，曲曲折折地流到咱们的眼睛里，一滴一滴流出来，千滴万滴，积在自己躺着的这个地方，沾湿了咱们的身子，挽救了咱们快要干死的性命！"

听小鲤鱼这样说，大家都立刻分辨出来了，沾湿自己的身子的确实是自己的泪水，心里都激动极了。它们想，在这个应当诅咒的世界里，居然能够靠自己的泪水来挽救自己，这就不能说在这个世界里已经没有快乐的幼芽了。这样一想，大家心就软了，泪水像泉水一样从它们的眼睛里涌出来。

说也奇怪，鲤鱼们可以活动了，本来只好侧着身子躺着，现在可以竖起身子来游了。木桶里的水越来越多，那水是从鲤鱼们心底里流出来的泪水。

鲤鱼们的泪水不停地流，流满了木桶，从木桶里溢出来，流在船舱里。不一会儿，船舱里的泪水也满了，木桶就浮了起来。小船稍稍一侧，木桶就氽到了小河上。

鲤鱼们有了水，起劲地游起来，可是游来游去，总让木板墙给挡住了。怎么办呢？有了水还得不到自由吗？一条鲤鱼使劲一跳，跳出了木板墙；四面一看，又细又软的波纹好像一层薄薄的轻纱，不就是可爱的家了吗？它快活极了，高兴地喊："你们跳呀，跳出可恶的木板墙就是咱们的家！我已经到了家了！"

大家听到呼唤，用尽所有的力气跳出了木板墙。木桶空了，浮在河面上不知漂到哪儿去了。

留在家里的鲤鱼们都来迎接遇难的同伴，流了许多激动的泪水。天鹅和鸳鸯恰好从北方飞来，好朋友相见，不免又流了许多激动的泪水。所以小河永远没有干涸的日子。

（1922年1月14日写毕）

古代英雄的石像

　　为了纪念一位古代的英雄，大家请雕刻家给这位英雄雕一个石像。

　　雕刻家答应下来，先去翻看有关这位英雄的历史，想象他的容貌，想象他的性情和气概。雕刻家的意思，随随便便雕一个石像不如不雕，要雕就得把这位英雄活活地雕出来，让看见石像的人认识这位英雄，明白这位英雄，因而崇拜这位英雄。

　　功到自然成。雕刻家一边研究，一边想象，石像的模型在他心里渐渐完成了。石像的整个姿态应该怎样，面目应该怎样，小到一个手指头应该怎样，细到一根头发应该怎样，他都想好了。他的意思，只有依照他想好的样子雕出来，才是这位英雄的活生生的本身，不是死的石像。

　　雕刻家到山里采了一块大石头，就动手工作。他心里有现成的模型，雕起来就有数，看着那块大石头，什么地方应该留，什么地方应该去，都清楚明白。钢凿一下一下地凿，刀子一下一下地刻，大小石块随着纷纷往地上掉。像黄昏时星星的显现一样，起初模糊，后来明晰，这位英雄的像终于站在雕刻家面前了。真是一丝也不多，一毫也不少，正同雕刻家心里想的一模一样。

这石像抬着头，眼睛直盯着远方，表示他的志向远大无边。嘴张着，好像在那里喊"啊！"左胳膊圈向里，坚强有力，仿佛拢着他下面的千百万群众。右手握着拳，向前方伸着，筋骨突出像老树干，意思是谁敢侵犯他一丝一毫，他就不客气给他一下子。

市中心有一片广场，大家就把这新雕成的石像立在广场的中心。立石像的台子是用石块砌成的，这些石块就是雕刻家雕像的时候凿下来的。这是一种新的美术建筑法，雕刻家说比用整块的方石垫在底下好得多。台子非常高，人到市里来，第一眼望见的就是这石像，就像到巴黎去第一眼望见的是那铁塔一个样。

雕刻家从此成了名，因为他能够给古代英雄雕一个石像，使大家都满意。

为了石像成功曾经开了一个盛大的纪念会。市民都聚集到市中心的广场，在石像下行礼、欢呼、唱歌、跳舞；还喝干了几千坛酒，挤破了几百身衣裳，摔伤了很多人的膝盖。从这一天起，大家心里有这位英雄，眼里有这位英雄，做什么事情都像比以前特别有力气，特别有意思。无论谁从石像下经过，都要站住，恭恭敬敬地鞠个躬，然后再走过去。

骄傲的毛病谁都容易犯，除非圣人或傻子。那块被雕成英雄像的石头既不是圣人，又不是傻子，只是一块石头，看见人们这样尊敬他，当然就禁不住要骄傲了。

"看我多荣耀！我有特殊的地位，站得比一切都高。所有的市民都在下面给我鞠躬行礼。我知道他们都是诚心诚意的。这种荣耀最难得，没有一个神圣仙佛能够比得上！"

他这话不是向浮游的白云说，白云无精打采的，没有心思听他的话；也不是向摇摆的树林说，树林忙忙碌碌的，没有工夫听他的话。他这话是向垫在他下面的伙伴——大大小小的石块说的。骄傲的架子要在伙伴面前摆，也是世间的老规矩。但是他仍然抬着头，眼睛直盯着远方，对自己的伙伴连一眼也不瞟，这就见得他的骄傲是太过分了。他看不起自己的伙伴，不屑于靠近他们，甚至还有溜到嘴边又咽回去的一句话："你们，垫在我下面的，算得了什么呢！"

"喂，在上面的朋友，你让什么东西给迷住心了？你忘了从前！"台子角上的一块小石头慢吞吞地说，像是想叫醒喝醉的人，个个字都说得清楚、着实。

"从前怎么样？"上面那石头觉得出乎意料，但是不肯放弃傲慢的气派。

"从前你不是跟我们混在一起吗？也没有你，也没有我们，咱们是一整块。"

"不错，从前咱们是一整块。但是，经过雕刻家的手，咱们分开了。钢凿一下一下地凿，刀子一下一下地刻，你们都掉下去了。独有我，成了光荣尊贵的、受全体市民崇拜的雕像。我高高在上是应当的。难道你们想跟我平等吗？如果你们想跟我平等，就先得叫地跟天平等！"

"嘻！"另一块小石头忍不住，出声笑了。

"笑什么！没有礼貌的东西！"

"你不但忘了从前，也忘了现在！"

"现在又怎么样？"

"现在你其实也并没跟我们分开。咱们还是一整块，不过改了个样式。你看，从你的头顶到我们最下层，不是粘在一起吗？并且，正因为改成现在的样式,你的地位倒不安稳了。你在我们身上站着,只要我们一摇动,你就不能高高地……"

"除了你们,世间就没有石块了吗?"

"用不着费心再找别的石块了!那时候就没有你了,一跤摔下去,碎成千块万块,跟我们毫无分别。"

"没有礼貌的东西!胡说!敢吓唬我?"上面那石头生气了,又怕失去了自己的尊严,所以大声吆喝,像对囚犯或奴隶一样。

"他不信,"砌成台子的全体石块一齐说,"马上给他看看,把他扔下去!"

上面那石头吓了一跳,顾不得生气了,也暂时忘了自己的尊严,就用哀求的口气说:"别这样!彼此是朋友,连在一起粘在一起的朋友,何必故意为难呢!你们说的一点儿也不错,我相信,千万不要把我扔下去!"

"哈!哈!你相信了?"

"相信了,完全相信。"

危险算是过去了。骄傲像隔年的草根,冬天刚过去,就钻出一丝丝的嫩芽。上面那石头故意让语声柔和一些,用商量的口气说:"我想,我总比你们高贵一些吧,因为我代表一位英雄,这位英雄在历史上是很有名的。"

一块小石头带着讥笑的口气说:"历史全靠得住吗?几千年前的人自个儿想的事情,写历史的人都会知道,都会写下来。你说历史能不能全信?"

另一块石头接着说:"尤其是英雄,也许是个很平常的人,甚至是个坏蛋,让写历史的人那么一吹嘘,就变成英雄了;反正谁也不能倒过年代来对证。还有更荒唐的，本来没有这个人，明明是空的，经人一写，也就成了英雄了。哪吒，孙行者，不都是英雄吗？这些虽说是小说里的人物，可是也在人的心里扎了根，这种小说跟历史也差不了多少。"

"我代表的那位英雄总不会是空虚的，"上面那石头有点儿不高兴，竭力想说服底下的那些石头，"看市民这样纪念他，崇拜他，一定是历史上的实实在在的英雄。"

"也未必！"六七块石头同时接着说。

一块伶俐的小石头又加上一句："市民最大的本领就是纪念空虚，崇拜空虚。"

上面那石头更加不高兴了，自言自语地说："空虚？我以为受人崇拜总是光荣的，难道我上了当……"

一块小石头也自言自语地说："我们岂但上了当，简直受了罪——一辈子垫在空虚的底下……"

大家不再说话了，都在想事情。

半夜里，石像忽然倒下来，像游泳的人由高处跳到水里。离地高，摔得重，碎成千块万块。石像，连下面的台子，一点儿原来的样子也没有了，变成大大小小的石块，堆在地上。

第二天早晨，市民从石像前边过，预备恭恭敬敬地鞠躬，可是广场中心只有乱石块，石像不知哪里去了。大家你看看我，我看看你，说不出一句话，无精打采地走散了。

雕刻家在乱石块旁边大哭了一场，哀悼他生平最伟大的杰作。他宣告说，他从此不会雕刻了。果然，以后他连一件小东西也没雕过。

乱石块堆在广场的中心很讨厌，有人提议用它筑市外往北去的马路，大家都赞成。新路筑成以后，市民从那里走，都觉得很方便，又开了一个庆祝的盛会。

晴和的阳光照在新路上，块块石头都露出笑脸。他们都赞美自己说：

"咱们真平等！"

"咱们一点儿也不空虚！"

"咱们集合在一块儿，铺成真实的路，让人们在上面高高兴兴地走！"

（1929年9月5日写毕）

皇帝的新衣

从前安徒生写过一篇故事，叫《皇帝的新衣》，想来看过的人很不少。

这篇故事讲一个皇帝最喜欢穿新衣服，就被两个骗子骗了。骗子说，他们制成的衣服漂亮无比，并且有一种神奇的力量，凡是愚笨的或不称职的人就看不见。他们先织衣料，接着就裁，就缝，都只是用手空比画。皇帝派大臣去看好几次。大臣没看见什么，但是怕人家说他们愚笨，更怕人家说他们不称职，就都说看见了，确是非常漂亮。新衣服制成的那一天，皇帝正要举行一种大礼，就决定穿了新衣服出去。两个骗子请皇帝穿上了新衣服。皇帝也没看见新衣服，可是他也怕人家说他愚笨，更怕人家说他不称职，听旁边的人一齐欢呼赞美，只好表示很得意，赤身裸体走出去了。沿路的民众也像看得十分清楚，一致颂扬皇帝的新衣服。可是小孩子偏偏爱说实心话，有一个喊出来："看哪，这个人没穿衣服。"大家听到，你看看我，我看看你，都笑了，终于喊起来："啊！皇帝真个没穿衣服！"皇帝听得真真的，知道上了当，像浇了一桶凉水；可是事儿已经这样，也不好意思再说回去穿衣服，只好硬着头皮往前走去。

以后怎么样呢？安徒生没说。其实以后还有许多事儿。

皇帝一路向前走，硬装作得意的样子，身子挺得格外直，以致肩膀和后背都有点儿酸痛了。跟在后面给他拉着空衣襟的侍臣，知道自己正在做非常可笑的事儿，直想笑；可是又不敢笑，只好紧紧地咬住下嘴唇。护卫的队伍里，人人都死盯着地，不敢斜过眼去看同伴一眼；只怕彼此一看，就憋不住，哈哈大笑起来。

民众没有受过侍臣护卫那样的训练，想不到咬紧嘴唇，也想不到死盯着地，既然让小孩子说破了，说笑声就沸腾起来。

"哈哈，看不穿衣服的皇帝！"

"嘻嘻，简直疯了！真不害臊！"

"瘦猴！真难看！"

"吓，看他的胳膊和大腿，像煺毛的鸡！"

皇帝听到这些话，又羞又恼，越羞越恼，就站住，吩咐大臣们说："你们没听见这群不忠心的人在那里嚼舌头吗？为什么不管！我这套新衣服漂亮无比，只有我才配穿；穿上，我就越显得尊严，越显得高贵：你们不是都这样说吗？这群没眼睛的浑蛋！以后我要永远穿这一套！谁故意说坏话就是坏蛋，就是反叛，立刻逮来，杀！就，就，就这样。赶紧去，宣布，这就是法律，最新的法律。"

大臣们不敢怠慢，立刻命令手下的人吹号筒，召集人民，用最严厉的声调把新法律宣布了。果然，说笑声随着停止了。皇帝这才觉得安慰，又开始往前走。

可是刚走出不远，说笑声很快地由细微变得响亮起来。

"哈哈，皇帝没……"

"哈哈，皮肤真黑……"

"哈哈，看肋骨一根根……"

"他妈的！从来没有的新……"

皇帝再也忍不住了，脸气得一块黄一块紫，冲着大臣们喊："听见了吗？"

"听见了。"大臣们哆嗦着回答。

"忘了刚宣布的法律啦？"

"没，没……"大臣们来不及说完，就转过身来命令兵士，"把所有说笑的人都抓来！"

街上一阵大乱。兵士跑来跑去，像圈野马一个样，用长枪拦截逃跑的人。人们往四面逃散，有的摔倒了，有的从旁人的肩上窜出去。哭的，叫的，简直乱成一片。结果捉住了四五十个人，有妇女，也有小孩子。皇帝命令就地正法，为的是叫人们知道他的话是说一不二，将来没有人再敢犯那新法律。

从此以后，皇帝当然不能再穿别的衣服。上朝的时候，回到后宫的时候，他总是赤裸着身体，还常常用手摸摸这，摸摸那，算作整理衣服的皱纹。他的妃子和侍臣们呢，本来也忍不住要笑的；日子多了，就练成一种本领，看到他黑瘦的身体，看到他装模作样，也装得若无其事，不但不笑，反倒像也相信他是穿着衣服的。在妃子和侍臣们，这种本领是非有不可的；如果没有，那就不要说地位，简直连性命也难保了。

可是天地间什么事儿都难免例外，也有因为偶尔不小心就倒了霉的。

一个是最受皇帝宠爱的妃子。一天，她陪着皇帝喝酒，为了讨皇帝的欢喜，斟满一杯鲜红的葡萄酒送到皇帝嘴边，一面撒娇说："愿您一口喝下去，祝您寿命跟天地一样长久！"

皇帝非常高兴，嘴张开，就一口喝下去。也许喝得太急了，一声咳嗽，喷出很多酒，落在胸膛上。

"啊呀！把胸膛弄脏了！"

"什么？胸膛！"

妃子立刻醒悟了，粉红色的脸变成灰色，颤颤抖抖地说："不，不是；是衣服脏了……"

"改口也没有用！说我没穿衣服，好！你愚笨，你不忠心，你犯法了！"皇帝很气愤，回头吩咐侍臣，"把她送到行刑官那里去！"

又一个是很有学问的大臣。他虽然也勉强随着同伴练习那种本领，可是一看见皇帝一丝不挂地坐在宝座上，就觉得像只剃去了毛的猴子。他总怕什么时候不小心，笑一声或说错一句话，丢了性命。所以他假说要回去侍奉年老的母亲，向皇帝辞职。

皇帝说："这是你的孝心，很好，我准许你辞职。"

大臣谢了皇帝，转身下殿；好像肩上摘去五十斤重的大枷，心里非常痛快，不觉自言自语地说："这回可好了，再不用看不穿衣服的皇帝了。"

皇帝听见仿佛有"衣服"两个字，就问下面伺候的臣子："他说什么啦？"

臣子看看皇帝的脸色，很严厉，不敢撒谎，就照实说了。

皇帝的怒气像一团火喷出来，"好！原来你不愿意看见我，才想回去——那你就永远也不用回去了！"他立刻吩咐侍臣："把他送到行刑官那里去。"

经过这两件事以后，无论在朝廷或后宫，人们都更加谨慎了。

可是一般人民没有妃子和群臣那样的本领，每逢皇帝出来，看到他那装模作样的神气，看到他那干柴一样的身体，就忍不住要指点，要议论，要笑。结果就引起残酷的杀戮。皇帝祭天的那一回，被杀的有三百多人；大阅兵的那一回，被杀的有五百多人；巡行京城的那一回，因为经过的街道多，说笑的人更多，被杀的竟有一千多人。

人死得太多，太惨，一个慈心的老年大臣非常不忍，就想设法阻止。他知道皇帝是向来不肯认错的；你要说他错，他越说不错，结果还是你自己吃亏。妥当的办法是让皇帝自愿地穿上衣服；能够这样，说笑没有了，杀戮的事儿自然也就没有了。他一连几夜没睡觉，想怎么样才能让皇帝自愿地穿上衣服。

办法算是想出来了。那老臣就去朝见皇帝，说："我有个最忠心的意思，愿意告诉皇帝。您向来喜欢新衣服，这非常对。新衣服穿在身上，小到一个纽扣都放光，您就更显得尊严，更显得荣耀。可是近来没见您做新衣服，总是国家的事儿多，所以忘了吧？您身上的一套有点儿旧了，还是叫缝工另做一套，赶紧换上吧！"

"旧了？"皇帝看看自己的胸膛和大腿，又用手上上下下摸一摸，"没有的事！这是一套神奇的衣服，永远不会旧。我要永远穿这一套，你没听见我说过吗？你让我换一套，是想叫我难看，叫我倒霉。就看你向来还不错，年纪又大了，不杀你；去住监狱去吧！"

那老臣算是白抹一鼻子灰，杀人的事儿还是一点儿也没减少。并且，皇帝因为说笑总不能断，心里很烦恼，就又规定一条更严厉的法律。这条法律是这样的：凡是皇帝经过的时候，人民一律不准出声音；出声音，不管说的是什么，立刻捉住，杀。

这条法律宣布以后，一般老实人觉得这太过分了。他们说，讥笑治罪固然可以，怎么小声说说别的事儿也算犯罪，也要杀死呢？大伙就聚集到一起，排成队，走到皇宫前，跪在地上，说有事要见皇帝。

皇帝出来了，脸上有点儿惊慌，却装作镇静，大声喊："你们来干什么！难道要造反吗？"

老实人头都不敢抬，连声说："不敢，不敢。皇帝说的那样的话，我们做梦也不敢想。"

皇帝这才放下心，样子也立刻显得威严高贵了。他用手摸摸其实并没有的衣襟，又问："那么你们来做什么呢？"

"我们请求皇帝，给我们言论的自由，给我们嬉笑的自由。那些胆敢说皇帝笑皇帝的，确是罪大恶极，该死，杀了一点儿不冤枉。可是我们决不那样，我们只要言论自由，只要嬉笑自由。请皇帝把新定的法律废了吧！"

皇帝笑了笑，说："自由是你们的东西吗？你们要自由，就不要做我的人民；做我的人民，就得遵守我的法律。我的法律是铁的法律。废了？吓，哪有这样的事！"他说完，就转过身走进去。

老实人不敢再说什么。过了一会儿，有几个人略微抬起头来看看，原来皇帝早已走了，没有办法，大家只好回去。从此以后，大家就变了主意，只要皇帝一出来，就都关上大门坐在家里，谁也不再出去看。

有一天，皇帝带着许多臣子和护卫的兵士到离宫去。经过的街道，空空洞洞的，没有一个人，家家的门都关着。大街上只有嚓、嚓、嚓的脚步声，像夜里偷偷地行军一个样。

可皇帝还是疑心，他忽然站住，歪着头细听。人家的墙里好像有声音，他严厉地向大臣们喊："没听见吗？"

大臣们也立刻歪着头细听，赶紧瑟缩地回答：

"听见啦，是小孩子哭。"

"还有，是一个女人唱歌。"

"有笑的声音——像是喝醉了。"

皇帝的怒火又爆发了，他大声向大臣们吆喝："一群没用的东西，忘了我的法律啦？"

大臣们连声答应几个"是"，转过身就命令兵士，把里面有声音的门都打开，不论男女，不论老小，都抓出来，杀。

没想到的事儿发生了。兵士打开很多家大门，闯进去捉人；这许多家的男男女女，老老小小就一齐拥出来。他们不向四处逃，却一齐扑到皇帝跟前，伸手撕皇帝的肉，嘴里大声喊："撕掉你的空虚的衣裳！""撕掉你的空虚的衣裳！"

这真是从来没见过的又混乱又滑稽的场面。男人的健壮的手拉住皇帝的枯枝般的胳膊，女人的白润的拳头打在皇帝的又黑又瘦的胸膛上，有两个孩子也挤上来，一把就揪住皇帝腋下的黑毛。人围得风雨不透，皇帝东窜西撞，都被挡回来；他又想蹲下，学刺猬，缩成一个球，可是办不到。最不能忍的是腋下痒得难受，他只好用力夹胳膊，可是也办不到。他急得缩脖子，皱眉，掀鼻子，咧嘴，简直难看透了，惹得大家哈哈大笑。

兵士从各家回来，看见皇帝那副倒霉的样子，活像被一群马蜂螫得没办法的猴子，也就忘了他往常的尊严，随着大家哈哈大笑起来。

大臣们呢，起初是有些惊慌的，听见兵士笑了，又偷偷看看皇帝，也忍不住哈哈大笑起来。

　　笑了一会儿，兵士和大臣们才忽然想到，原来自己也随着人民犯了法。以前人民笑皇帝，自己帮皇帝处罚人民，现在自己也站在人民一边了。看看皇帝，身上红一块紫一块，哆嗦成一团，活像水淋过的鸡，确是好笑。好笑的就该笑，皇帝却不准笑，这不是浑蛋法律吗？想到这里，他们也随着人民大声喊："撕掉你的空虚的衣裳！撕掉你的空虚的衣裳！"

　　你猜皇帝怎么样？他看见兵士和大臣们也倒向人民那一边，不再怕他，就像从天上掉下一块大石头砸在头顶上，身体一软就瘫在地上。

（1930年1月20日发表）

最有意义的生活

光明的世界

一粒种子睡在泥里，忽然醒了。他觉得四周很暖和，就把身子挺一挺。

他有点儿渴，喝了一口水，觉得很舒畅，就把身子挺一挺。

春风轻轻地吹。

种子问蚯蚓说："这是什么声音？"

蚯蚓说："这是春风。他唤我们出去，伏在泥里的都出去。"

"外面是怎样的世界呢？"

"外面和这里大不相同，是光明的世界。"

"啊，光明的世界！"种子非常快乐，又把身子挺一挺，种子的身子长得多了。他侧转头听，外面的世界真热闹。除了春风，还有泉水流动的声音，鸟儿唱歌的声音，小朋友欢笑的声音。

"啊，我要立刻出去！"种子又把身子挺一挺，只觉得眼前一亮，已经在光明的世界里了。

他看看自己，嫩绿的上衣，雪白的裤，十分可爱。再看看四周，像他一样打扮的很多。有的说："我是昨天出来的。"有的说："我是今天出来的。"有的说："明天还会有许多同伴出来呢。"

他快活极了，初进光明的世界，就有这许多同伴。

（1934年写毕 选自开明初小国语课本第四册）

最有意义的生活

　　一块小青石和一块小黑石被山水冲到滩上，停留在许多石块中间，已经一年光景了。它们身旁长着青青的草，开着可爱的小花，常常有蝴蝶和蚱蜢飞来。它们的生活平静极了，安适极了。

　　一天，小青石对小黑石说："太安静了，有点儿不习惯！"

　　小黑石回答说："是的，真个太安静了。回想被山水冲下来的时候，迷迷糊糊的，不知道将要怎么样了，那情形真跟梦里一般。"

　　小青石说："这样安静的日子，我过厌了。一年到头待在这儿，太乏味了。要是我能够跟蝴蝶和蚱蜢一个样，想去哪儿就去哪儿，那该多好呀！"

　　小黑石想了一会儿才说："别胡说了，咱们石头天性就是老待着不动的。"

　　"虽说是天性，老待着不动有什么出息呢？"小青石说，"在山上咱们的老家里不是有许多水晶和玛瑙吗？它们都到都市里去了，有的成了姑娘的发簪，有的成了哥儿的纽扣。它们到处都去，长了不少见识，过着有趣的生活。我身上也有好看的光彩，到了都市里，说不定也会成为姑娘的发簪，成为哥儿的纽扣。"

　　"你的话也许没错。"小黑石说，"可是你怎么去呢？"

小青石说："我希望有谁把我拣去，带到都市里，老待在这里真把我闷死了。再说，要是山上发大水，把咱们一直冲进了大海，那就完了。咱们沉入海底，永远没有出头的日子了。"

小黑石被太阳晒得暖洋洋的，非常舒服，它只觉得小青石的话越来越模糊，一会儿就睡着了。

过了几天，石滩上来了一群工人。他们用铁铲铲起石块，投进小车；又把小车推上岸，把小石头装上火车，运进都市去。

小青石得意地想："我就要到都市里去了！说不定会跟水晶和玛瑙碰头吧！我将会成为发簪还是成为纽扣呢？不管成为什么都一样，总之是姑娘和哥儿的朋友了。喂，快把我也铲起来吧！"

果然，小青石和小黑石跟别的小石头一起，被铁铲铲起来了。在投进小车的时候，不知怎么的，小黑石掉了下来，滚进了草丛里。

小青石大声喊："怎么啦，我的朋友？你怎么不一同去呀？"

可是一点儿回音也没有。小青石非常可怜小黑石，大家都要到城市里去了，只有它一个仍旧留在这里。

一会儿，小车动起来了。小青石满心欢喜，小车很颠簸，它却觉得异样的舒服。

第三天早上，小青石和许多同伴被卸在一条宽阔的道路边上。一把大铁铲把它们铲起来，跟沙和水泥混在一起，加上水，翻来覆去地搅拌。

小青石浑身沾着湿漉漉的水泥，被搅得头都晕了。它不免生气说："这究竟是怎么回事？这样蛮不讲理的，把我们翻来覆去搅拌。为什么不把我们送到珠宝铺子里去呢？"

大铁铲更加使劲地搅拌。小青石浑身涂满了沙和水泥，连气都透不过来了。最后，它跟沙和水泥在一起，被铺在道路上，压得平平的，盖上了一张草席。

小青石累极了，它一声不响，忽然觉得它跟周围一同变硬了。它原先是坚硬的石块，这时候好像比先前硬了许多倍，跟先前大不相同了。过了些时候，草席被揭掉了，一只草鞋正好踏在小青石上。

"奇怪，我变成什么东西了？"小青石想了一会儿才明白过来，它已经成为水门汀的一小部分了。

从此以后，每天每天，不知道有多少人的脚在小青石上踩过：小朋友的穿着布鞋的脚，小贩的穿着草鞋的脚，年轻的女人穿着缎鞋的脚，乞丐赤着的脚。小青石看着许许多多人的脚，心里非常快乐。

自己成了让所有的人走的路，真是再快乐没有了。小青石不属于姓张的，也不属于姓李的；它不是谁私有的东西，而是为大众服务的一个。它支持着大众的脚，它不再羡慕水晶和玛瑙了。它想："我过的是最有意义的生活。"

"小黑石说得很对，咱们石头的天性就是老待着不动的。不过，要像我现在这样老待着不动才有意义呢！"小青石这样想着，看着在它身上踩过的脚。

（1934年5月发表，原分成两篇，题为《到都市里去》和《它支持着大众的脚》）

大家都有事要做

小鸟没事做，想找个朋友一块儿玩。他去找蜜蜂。蜜蜂对他看了一看，就飞走了。

小鸟追上去问："你忙什么？"

蜜蜂说："不要拉住我。我忙得很，我要采蜜。"

小鸟只得让蜜蜂飞走了。

小鸟去找蚂蚁，想和蚂蚁一块儿玩。蚂蚁嘴里衔着泥，对他点点头，就走了。

小鸟追上去问："你忙什么？"

蚂蚁把泥放下，说："不要拉住我。我忙得很，我要修路。"

小鸟只得让蚂蚁走了。

小鸟去找蚕，想和蚕一块儿玩。蚕对他摇摇头，一声也不响。

小鸟问："你为什么不说话？"

蚕说："我没有工夫说话。"

小鸟问："为什么没有工夫？"

蚕说："我忙得很，我要吐丝。"

小鸟只得走开了。

小鸟找不到朋友，他哭了。

蚯蚓在地下挖泥，笑着说："哭什么呢！你也去做点事儿，不好吗？"

小鸟问："叫我做什么事呢？"

蚯蚓说："我帮农民挖泥，你帮农民捉虫。"

小鸟听了蚯蚓的话，就飞去捉虫了。

（1934年写毕 选自开明初小国语课本第二册）

想看大海

小金鱼住在玻璃缸里，游来游去只见这一缸水，心里闷得很。他对大金鱼说："这里闷极了。如果能到海里去玩，多好啊。"

大金鱼说："你嫌这里狭窄吗？这里并不狭窄，就是海，也不过大了十倍。"

小金鱼摇着尾巴问："你到过大海吗？"

大金鱼说："没有去过。我不过这样猜想罢了。"

小金鱼被主人放到池塘里。在池塘里游一圈要费半天工夫。他看看水里的草和岸边的芦苇，都很有趣，心里畅快得很，就对小鲤鱼说："我很快乐，住到海里来了！"

"不，不，不，"小鲤鱼不住地摇头，"这里是池塘。我住得闷极了。"

大鲤鱼听见了，说："你住在这里，还嫌闷吗？这里并不狭窄，就是海，也不过大了十倍。"

小鲤鱼张大眼睛问："你到过大海吗？"

大鲤鱼说："没有去过。我不过这样猜想罢了。"

小金鱼和小鲤鱼常常讲到海，大家说："不知道海到底是什么样的。"

小鲫鱼听见了，说："海是个奇怪的地方。去年，燕子唱个歌给我听，现在我唱给你们听。"

天连海，海连天，
海天一片不见边。
浪头山样高，
浪花雪样白。
浪头接浪头，
涌去又涌来。

小金鱼说："怎么会不见边呢？"

小鲤鱼说："怎么会有山一样高的浪头呢？"

小鲫鱼说："所以我说海是个奇怪的地方。要想知道到底什么样，等燕子来了问他吧。"

（1934年写毕 选自开明初小国语课本第四册）

牧羊儿

草场的一角有一座小屋子，住着一个孩子和三十多只羊。孩子和羊彼此非常要好，比兄弟姊妹还要亲热。屋子里铺着厚厚的稻草。他们躺在草上，你枕着我的腿，我贴着他的胸，挨挨挤挤的，一同度过又黑又长的夜。

夜虽然又黑又长，他们却觉得很暖和，很有滋味。他们常常做梦，梦见许多可喜的事儿。

一只羊把脑袋一偏，它的角正好抵在孩子的嘴唇边，孩子就做起梦来了。他梦见正当炎热的夏天，自己坐在雪白的帐篷底下，捧着一大碗冰淇淋，吃得正高兴。冰淇淋真凉，从嘴唇直凉到心里，爽快极了。忽然又梦见草场上到处长满了碧绿的大西瓜，成了一大片瓜田。他捧起一个西瓜，用手一拍就成了两半，麦黄色的瓜瓤儿闪闪发亮。他张口大嚼，又甜又凉爽，好像夏天已经过去了。

跟他睡在一起的羊也做梦。有一只羊把它的脑袋靠在另一只羊的胸口上，鼻子和嘴唇蹭着柔软的毛，它就做起梦来。它梦见草场上的草长得又肥又嫩，看着都心爱。它呼唤同伴们，叫大家一同来吃；那种又甜又鲜的味道，大家从来没尝到过。

有一只羊把翘起的腿搁在另一只羊的脖子上，它也做起梦来。

它梦见自己在草场上跳跃，越跳越高，仙人掌那么矮，算不了一回事儿，土墙那么低，也算不了一回事儿，连那么高的榕树，它都跳过去了，跟跳过一丛小草似的。它越跳越高，多么快活呀，它能腾空飞行了，像一只雪白的鸽子，可是它不用翅膀，只要划动它的四条腿就成了。低头向下看，同伴们都在草场上望着它呢。再一看，却是许多雪白的鹅。它使劲喊起来："你们飞吧，你们快飞吧！"

孩子和羊在夜里做的梦，大多是这样的。

等到天一亮，孩子和羊一同起身，来到草场上。他们开始吃东西，羊吃草，孩子吃他带来的饭。吃饱了，大家一同唱歌玩儿，孩子唱《孟姜女》《一朵茉莉花》，羊唱它们的《咩咩曲》。

他们常常面颊蹭面颊，耳朵蹭耳朵，大家感到又软又痒，非常舒服。有时候两只羊面对面站了起来，彼此前腿扶着前腿，跳起舞来。有时候孩子跟羊赛跑，从草场的这一头跑到那一头。有时候孩子抱着羊躺在草地上，仰面看飘着白云的天空。天空像没有波浪的大海，海中有白石头堆成的小岛，还有张起白帆的小船。

草场东边有几棵老榕树，脖子挂下很长的胡须，随风飘拂。孩子和羊最喜欢这几位老公公，常常到它们跟前去玩儿。孩子和羊玩得高兴，都笑起来；老榕树掀着长胡须，也笑起来。站在一旁的仙人掌伸出了碧绿的胳膊，想跟他们一起玩儿，可是脚埋在土里，一步也动不了。孩子和羊懂得仙人掌的意思，到它们跟前去跟它们玩儿。

大家都很快乐，小孩很快乐，羊很快乐，老榕树和仙人掌也很快乐。

有一天，一位老婆子突然跑到草场上来对孩子说："你的母亲死了，快跟我回去！"

孩子听了，心里像塞进了一件什么东西，眼泪立刻涌出来了，放声大哭起来。他伸出了两只手，好像要抓住什么似的，急急忙忙跟着老婆子走了。

"他走了。"一只雪白的羊说，声音很凄凉。

"我们少了一个同伴了，"一只双角弯弯的羊说，"他从来没离开过我们。我们没有了他，好像一切都变了样，干什么都没有兴趣了。"

"你们没听见吗，他的母亲死了。"一只长胡须老羊叹息说，它的眼角上闪着泪花。

一只小白羊忍不住哭起来，它呜咽着说："他从此没有母亲了。他再叫母亲也没有人应了，还从此没有奶吃了。这样的痛苦，教他怎么受得了呢？"

小白羊一哭，引得大家都流起眼泪来。所有的小羊都贴紧自己的母亲，觉得自己有母亲可叫，有奶可吃，是天底下最大的幸福。

双角弯弯的羊抹着眼泪说："他碰上这样伤心的事儿，我们在这里代他流眼泪，对他没有一点儿用处。我们应当推选几个代表去安慰安慰他，顺便请他早点儿回到我们这儿来。"

"这个主意好。"大家忍着眼泪说，"你就是一个代表。"

大家一共选出了三个代表，双角弯弯的羊是一个，还有两个是卷毛的白羊和长角的灰羊，请他们代表大家去慰问孩子。

三只羊离开了草场，顺着大路向前走。走到三岔路口，他们不知道该走哪一条路，只好站住了。

恰好背后来了个人，笑嘻嘻地问他们："你们不认识路吗？"

卷毛白羊点点头说："是的。同我们在一起的孩子，他的母亲死了。您知道去他家里应当走哪一条路？"

那个人随便用手一指，笑着说："走左边这条路。正好我也要到那里去，你们就跟我走吧。前边还有岔路，跟着我走没有错。"

三只羊谢了又谢，就跟着那个人走。前边果真有许多岔路，跟着他走一点儿用不着迟疑。走到一座又矮又小的房子前，那个人推开板门，对它们说："孩子就在这里，你们进去吧。"

三只羊急忙奔进去，只想早点儿安慰失去了母亲的孩子，没想到身后的板门突然关上了。它们受骗了，被那个人关进了羊圈。第二天，那个人把三只羊宰了，卖了许多钱，自己还饱吃了一顿羊肉。

那天傍晚，羊的主人站在大门口，望见草场上的羊还没有回去，急急忙忙赶来了。他找不着孩子，就发起火来："这个孩子太顽皮，跑到哪儿去了？这时候还不让羊回去。"

主人把羊赶回屋子里，数了数，少了三只。他的火发得更大了，拿起竹竿在羊的身上乱抽。那天夜里躺在床上，他又气又恼，简直没合上眼。直到窗子上有点儿亮光了，他才打定主意。

那天夜里，所有的羊都做了可怕的梦。小羊梦见母亲死了，衔着母亲的冰冷的乳头，一个劲儿号哭。大羊梦见主人手里的竹竿忽然变成了雪亮的刀，自己的脑袋被砍掉了，脖子痛得没法忍受。母羊梦见自己的孩子被魔鬼捉去了，撒开四条腿赶紧追，怎么也追不上，最后一跤摔醒了。

第二天早上，羊的主人唤了一个人来，对他说："喂羊又麻烦又吃亏，只有傻子才干这种事儿。我把羊全卖给你，你牵回去宰了好卖。"

那个人付了钱，拿长长的绳子把羊拴成几串，牵着走了。

就在羊做可怕的梦的时候，孩子的母亲被放进了棺材。这口棺材是孩子走遍了东村西村，磕了数不清的头，凑了钱买来的。孩子贴着棺材睡着了，好像贴在母亲的胸前。不一会儿他就醒了，看看天色已亮，不知道羊怎样了，急忙向草场跑去。

孩子跑到草场上，一只羊也不见；跑进屋里，也不见羊的踪影。他急了，连忙去见主人。

主人板起脸对他说："你好，到这时候才回来。我已经把羊卖掉了。我不再喂羊了，这里用不着你了。"

孩子一听这话，觉得好像摔了一跤，不是摔在地上，而是摔在半空中，四处没有倚傍。他自己也不知怎么走出了主人家的大门。

草场上从此没有羊也没有孩子了。只有仙人掌一声不响地站在那里，老榕树掀着长胡须在默默地叹息。

（1924年1月10日发表）

小鲫鱼和网

渔人把网撒下来了。

"逃呀！逃呀！"一群小鲫鱼只怕自己游得太慢。

渔人拉起网来，一条鱼也没有，只看见一只蟹。他把蟹拿在手里，说："网到了一只蟹也是好的。"

蟹用螯钳住渔人的手指，嘴里不停地吐出泡沫。

渔人被钳痛了，生气地骂："可恶的东西！"

蟹的螯钳得更紧一点。渔人痛得更厉害，只好放手。

小鲫鱼们这才放心了。

蟹说："你们一看见网来了，什么都不想，只知道逃。你们太柔弱了。"

小鲫鱼说："我们的确太柔弱了。我们没有像你那样的两个螯。"

"没有两个螯，就只能逃吗？"

"除了逃，恐怕没有别的方法了。"

"你们这样一群。我劝你们要刚强一点儿，大家用力，冲破那可恶的网！"

小鲫鱼一齐说："我们不敢，我们不敢。"

蟹就回到了河里。

小鲫鱼逃到了另一边。那边也有渔人在下网，他们刚好游进了网里。

网拉起来的时候，有七八条小鲫鱼从网孔漏了出来。他们就拼命向这边逃。

这边的渔人第二次拉起网来，七八条小鲫鱼都在网里头，他们再也无处可逃了。

（1934年写毕 选自开明初小国语课本第五册）

毛虫和白菜

　　一条毛虫停在白菜上，仰起了头想心事。想了一会儿对白菜说："我看你真是个可怜的东西，根生在泥里，没有一点儿自由。你不懂得什么叫做'走'，你一生都不能动一步。"

　　白菜不做声。

　　毛虫显出骄傲的神色，又说："你看我虽然不能像麻雀那样飞来飞去，可是我有脚，能够'走'，要到哪里就到哪里。我的身体是自由的，我比你幸福多了。"

　　白菜依然不做声。

　　毛虫见白菜不理他，生气了，说："不中用的植物，连我的话都听不懂！"

　　白菜这才开口了："我不能像你那样走，就跟你不能像麻雀那样飞一样，你何必骄傲呢？你又说什么'不中用的植物'，那更是瞎说。你要知道，对于你们动物，植物是最有用的东西。世界上要是没有我们植物，也就没有你们动物了。"

　　毛虫惊奇地说："这个说法倒没有听见过。"

　　白菜笑着说："这是很容易明白的。只要想你自己，你不是靠吃了我的叶子才能生活的吗？一切动物没有不靠着植物生活的。"

毛虫说："你的话并不全对。像狮子和老虎，不是靠着吃动物生活的吗？"

白菜说："你忘了，狮子和老虎吃的动物，像山羊和野兔，一定是靠吃草生活的。只要想到这一层，你就知道狮子和老虎其实也是靠着植物生活的。"

毛虫点点头。

白菜又说："只有我们植物能够吃'非生物'。最古最古的时代，世界上还没有动物，却已经有植物了。植物吃的是盐、水和空气等等东西。"

毛虫不再骄傲了，说："原来是这样。谢谢你给了我好多的知识！"

（1934年写毕 选自开明初小国语课本第八册）

我要做一只木碗

从前有一个老头，他跟儿子和媳妇住在一起。他眼睛花了，耳朵聋了，走起路来东倒西歪，膝头老发抖，即使不拿什么东西，两只手也抖个不停。吃饭的时候拿了一碗汤，常常把汤洒在桌布上、衣服上，却一口也没喝着。

他的儿子和媳妇看老头那样吃饭，就觉得讨厌。他们在屏风背后放一把椅子，让他一个人在那里吃；又特地挑了一只破瓷碗，给他盛饭。老头常常悲哀地发呆，眼眶里含着泪水却不叫一声苦。

有一天吃饭的时候，老头大概想起了从前的情景，一阵悲哀使他的手抖得更厉害；手里的那只破瓷碗掉在地上打碎了。年轻的媳妇骂他太不当心，连一只碗都拿不住。老头也不回话，只是深深地叹气。媳妇花两个铜子买了一只木碗给老头盛饭，因为木碗不容易打碎。

过了几天，儿子和媳妇看见他们四岁的孩子坐在地上用小刀抠木块。

"我的孩子，"他们问，"你在做一张小桌子，还是一辆小马车？"

孩子干得很专心，头也不抬回答说："不。我要做一只木碗，等我长大了，好给爸爸妈妈盛饭吃。"

夫妻两个对看了好一会儿，心头说不出的难过，彼此都哭了。他们把老头从屏风背后请回到桌子旁边。从此以后，老头又跟儿子和媳妇还有孙子一起吃饭了。

（1934年写毕 选自开明高小国语课本第一册）

海上的朝阳

爬山虎的脚

学校操场北边墙上满是爬山虎。我家也有爬山虎，从小院的西墙爬上去，在房顶上占了一大片地方。

爬山虎刚长出来的叶子是嫩红色。不几天叶子长大，就变成嫩绿色。爬山虎在十月以前老是长茎长叶子。新叶子很小，嫩红色不几天就变绿，不大引人注意。引人注意的是长大的叶子。那些叶子绿得那么新鲜，看着非常舒服。那些叶子铺在墙上那么均匀，没有重叠起来的，也不留一点儿空隙。叶尖儿一顺儿朝下，齐齐整整的，一阵风拂过，一墙的叶子就漾起波纹，好看得很。

以前我只知道这种植物叫爬山虎，可不知道它怎么能爬。今年我注意了，原来爬山虎是有脚的。植物学上大概有另外的名字。动物才有脚，植物怎么会长脚呢？可是用处跟脚一个样，管它叫脚想也无妨。

爬山虎的脚长在茎上。茎上长叶柄儿的地方，反面伸出枝状的六七根细丝，每根细丝头上长个小圆球儿。细丝和小圆球儿跟新叶子一样，也是嫩红色。这就是爬山虎的脚。

爬山虎的脚触着墙的时候，小圆球就成了一个小吸盘。六七个圆圆的小吸盘就巴住了墙，枝状的细丝原先是直的，现在弯曲

　　了，把爬山虎的嫩茎拉一把，使它紧贴在墙上。爬山虎就这样一脚一脚地往上爬。如果你仔细看那些细小的脚，你会想起图画上蛟龙的爪子。

　　爬山虎的脚要是没触着墙，不几天就萎了，后来连痕迹也没有了。触着墙的，细丝和小吸盘逐渐变成灰色。不要瞧不起那些灰色的脚，那些脚巴在墙上相当牢固，要是你的手指不费一点儿劲儿，休想拉下爬山虎的一根茎。

（1956年10月13日写毕）

三棵老银杏

舅妈带表哥进城，要在我家住三天。今天早晨，我跟表哥聊天，谈起我想作诗，谈起我认为可以作诗的材料。我说："要是问我什么叫诗，我一点儿也说不上来。可是我要试作诗。作成以后，看它像诗不像诗。"

表哥高兴地说："你也这么想，真是不约而同。这几天我也在想呢。诗不一定要诗人作，咱们学生也不妨试作。不懂得什么叫诗，没关系，作几回就懂得了。我已经动手作了，还没完成，只作了四行。要不要念给你听听？"

我说："我要听，你念吧。"

表哥就念了。

> 村子里三棵老银杏，
> 年纪比我爷爷的爷爷还大。
> 我没见过爷爷的爷爷，
> 只看见老银杏年年发新芽。

我问："你说的是娘娘庙里的那三棵？"

表哥说："除了那三棵，还有哪三棵？"

我问："年纪比外公的爷爷还大，多大岁数呢？"

表哥说："我也说不清楚。只听我爷爷说，他爷爷小时候，那三棵银杏已经是大树了，他爷爷还常常跟小朋友拿叶子当小扇子玩呢。"

我问："那三棵老银杏怎么样？你的诗预备怎么样作下去呢？"

表哥说："还没想停当呢，不妨给你说一说大意。我的诗不光是说那三棵老银杏。"

我问："还要说些什么呢？"

表哥说："我们村子里种了千把棵小树，你是看见了的，村子四周围，家家的门前和院子里，差不多全种遍了。那些小树长得真快，去年清明节前后种的，到现在才十几个月，都高过房檐七八尺了。再过三四年，我们那村子会成什么景象，想也想得出。除了深秋和冬天，整个村子就是个密密层层的树林子，房子全藏在里头。晴朗的日子，村子里随时随地都有树阴，就是射下来的阳光，也像带点儿绿色似的，叫人感觉舒畅。"

我想着些什么，正要开口，表哥拍拍我的肩膀抢着说："不光是我们那村子，人家别的村子也像我们村子一样，去年都种了许多树呢。你想想看，三四年以后，人在道上走，只见近处远处，这边那边，一个个全是密密层层的树林子，怎么认得清哪个是哪村？"

我说："尽管一个个村子都成树林子，我一望就能认出你们集庆村，保证错不了。你们村子有特别的标记，老高的三棵银杏树。"

表哥又重重地拍一下我的肩膀，笑着说："你说的正是我的意思！所以我的诗一开头就说三棵老银杏。"

（1956年11月发表）

海上的朝阳

我每天在舱房里醒来，就走到甲板上，靠着栏杆望。那时候天还没有大亮，只显出很淡很淡的蓝色。周围非常的静，只听得船中机器的声音。

忽然间，天边出现一道红霞。那红霞的范围渐渐扩大，光亮也渐渐加强。我知道太阳要从那边升起来了，就一眼不眨地望着那边。

小半个太阳果然在那边出现了，是大红的颜色，没有光芒。它慢慢地向上升，好像负着什么重担，很费力气似的；终于给它冲破了云霞，完全跳出了海面。那颜色红得更鲜艳了，看了有一种说不出的欢喜。转眼间，这大红的圆球忽然射出耀眼的光芒，叫人不敢正对着看它，近旁的云也被染上了光彩。

有几天，太阳隐到了云背后，它的光芒却从云里透出来，直射到海面上。这时候只看见一片光亮，海和天在哪里分界，就很难辨别了。

又有几天，天边有很厚的黑云，太阳升起来也看不见。然而太阳在黑云背后放射它的光芒，给黑云镶上了一道光亮的金边。到后来才慢慢地升起来，在天空出现，把黑云染成了紫色或者红

色。一霎时，不只是太阳，不只是云，不只是海，就是我，也成
了光亮的了。

（1934年写毕 选自开明高小国语课本第一册）

树林里的声音

南方树林很多。一到晚上，树林里发出各种的声音，热闹极了。

成千成万的大蛙在池塘里叫，声音合成一片。

鸟儿从空中飞下来，停在高高的树枝上，一边扑扇翅膀，一边叫个不歇。

猿类在树上爬上爬下，这只也叫，那只也叫，有的像小孩子哭，有的像老头子咳嗽。等到老虎豹子跑来大吼一声，它们才不敢作声了。

时时有小树倒下来的声音。那是大象在那里经过。大象的身体又重又大，碰到小树，就把它折断了。

（1934年写毕 选自开明初小国语课本第四册）

春天来了

春天来了，什么东西都像睡醒了觉，神清气爽，预备做一番事情。

泥土默默地说："所有的植物在我胸前生长吧。你们要多少营养料就拿多少,我是从不吝惜的。我只愿你们开得好花,结得好果。"

河水轻轻地唱："我要旅行，就在此刻登程。一路访问田里的朋友，也想看看城市的风景。最后到那大海——我的外祖父的家庭。"

麦叶伸一伸腰，豆苗抬一抬头，大家说："我们有满身的精力，来，比赛谁的花开得茂盛吧！"

桃树的花蕾靠在枝头，这个那个都说："好一个可爱的世界呀！"有几个就露出笑脸来。

母牛、母羊挂着大肚子在那里想："我的孩子就要出生了，这嫩草地正好作他们的运动场。我要尽力看护他们，使他们个个强健。"

（1934年写毕 选自开明初小国语课本第六册）

霜的工作

很冷的晚上，霜大声地喊："你们预备着，今晚我要留在你们这里了。北风吹了一天，厚厚的云挡住了太阳的暖气，是我工作的时候了。特地来和你们打个招呼，免得你们预备不及，来埋怨我。"

霜这样喊过之后，大家都预备好了。农民把牛牵进屋里，给牲畜加铺一些干草。母亲把厚被盖在孩子的身上，让他们暖和地睡觉。种花人说："这些花草不要被霜弄坏了。"就把花盆移到屋里。

霜的工具都在一只小箱子里，是些什么东西呢？一只颜色盒子，大大小小的画笔，还有剪刀和铁锤。

霜背起小箱子，动手工作了。它把草叶和有些树叶涂成黄色，把有些树叶涂成嫩红色，更把有些树叶涂成暗红色。它拿起一支支大画笔，蘸着银白色，来画田地，田地上就像下过小雪一般。它拿起一支小画笔，也蘸着银白色，来画人家的窗玻璃，窗玻璃上就有了非常美丽的花纹。

它又用了剪刀剪开各种种子的壳，嘴里唱着："你熟了，散播到各处去吧！你熟了，散播到各处去吧！"最后它到栗子树上，说："栗子也熟了，我要敲开那些硬壳，让孩子和松鼠有栗子吃。"它用铁锤把一个个硬壳都敲开。棕色的栗子就从毛茸茸的屋子里露出来了。

（1934年写毕 选自开明初小国语课本第七册）

白马湖的冬天

　　到了冬天，我们住的白马湖常常刮风。风呼呼地叫着，好像老虎咆哮。我们的房子很简陋，风从门窗的缝儿中透进来，分外尖利。把那些缝儿用厚厚的纸糊了，风还是能从椽缝中钻进来。

　　风刮得厉害的日子，天还没有黑，妈妈就把大门关上了。全家吃过晚饭，索索地凑着煤油灯光，各做各的事：看书，做针线，温习功课，写寄到别处去的信。这时候，屋后山上的松林中送来波涛一般的声音，好像和门前湖水的激荡声比赛似的。听着这些声音只觉得寂静，宛如在荒凉的孤岛上。

　　我们家面对着宽阔的湖，没有什么东西遮挡。我们看太阳和月亮从东边山上升起来，直看到它们向西边山后落下去。在太阳好的日子，只要不刮风，就会暖和得不像冬天。全家人坐在院子里晒太阳，甚至连午饭也在院子里吃，像夏天吃晚饭一样。人随着太阳光移动，太阳光晒到哪里，就把椅子移到哪里。连鸡和猫也来凑热闹，尽缠绕在我们的脚边。忽然之间刮风了，我们只好逃难似的各自带着椅子逃进屋里，急急忙忙把窗子关上。平常刮风大概从傍晚的时候起，到半夜里就停了。至于刮大风暴，那就整天整夜地呼啸着，要两三天才停止呢。

刮着风、天气冷得最厉害的时候，泥地看去好像铺着水泥，山色冻得发紫、发暗，湖上的波涛泛着深蓝色。这些仿佛是风的特别的标记，在没有风的时候，一切就不是这个样子。

（1934年写毕 选自开明高小国语课本第一册）

卖花女

这一幅画，题目叫做"卖花女"，丰子恺画的。

一个女孩子在小巷中向前走，右手拿着花朵，臂弯里钩住一只花篮，平铺着无数的花。她的左脚跨在前面，从后面的姿态看去，知道她的脸略微仰起。大概是一边走着，一边正喊着："谁要买鲜花！"她穿着有深色格子的背心；发辫蓬松地垂着；几绺散乱的短发在耳朵边飘拂着。

她的右边有一条花狗，竖起耳朵，弯起尾巴，很有兴致的样子，似乎要跑到她的前头去。

两旁都是楼房，门窗关着，想来时候还很早吧。右旁房子的晒台上横着三根竹竿，很空闲的样子，还没有晾什么衣裳。左旁一所房子的烟囱却吐烟了，烟缕袅袅地升到天空去。

只有右旁一家的门开着。门前站着一个妇人，牵着个小孩子。妇人望着卖花的女孩子，好像在那里等她过去。小孩子昂头望着妇人，似乎有什么要求的样子。他要妇人抱他呢，还是要拿几朵鲜花呢？却无从知道了。

小巷的尽头是一堵低的墙。墙头上伸出一棵柳树，柳条软软地挂下来，叶芽很稀。大概还是早春的时令吧。柳树上方漫着远空的

云气。

　　墙下向右去似乎有路。卖花的女孩子也许要在那里转弯过去。也许不等到她转弯，两旁的窗子开了，露出好几个欢迎鲜花的脸儿来。那就是一种景象，和这一幅画的静寂趣味大不相同了。

　　　　　　　　（1934年写毕　选自开明高小国语课本第二册）

大雁

秋天，一群一群的大雁在天空飞过，发出清亮的叫声。大雁的家乡在遥远的北方。那儿秋天就飞雪，到了冬天，什么东西都给冰雪盖没了。太阳每天只露一下脸，立刻又落下去了。如果再往北去，到了北极，那儿足足有半个年头见不到太阳的面。这样寒冷，这样黑暗，大雁怎么能生活呢？所以到了秋天，它们就结队迁移，向南方飞来。

大雁的飞行队很有秩序，常常排成"人"字形，"之"字形，"一"字形，我国的诗人因而把它叫做"雁字"。大雁飞行的时候，由一只富有经验的统率着全队。停下来休息之前，先在空中盘旋，侦察地面有没有危险。它们饥饿的时候，连麦苗和青草都吃。可是到底是水鸟，最喜欢在湖边和江滩上搜寻它们的食物。

到了春深时节，它们的家乡渐渐暖和起来，冰雪融化了。太阳每天照得很长久，只有三四小时黑夜。如果再往北去，就整整六个月，太阳老在天空中打转。因为阳光充足，草木很快地生长起来，各种虫豸也繁殖得很多。大雁从南方飞回去，用芦秆等东西做基础，放上枯叶和羽毛，做成了窠，就把卵生在窠里。母雁孵卵非常专心，除非十分饥饿，它决不肯离开一步。一个月之后，小雁出壳了，一出壳就能活泼地走动。母雁带领着它们到有水的地方去觅食。那儿虫豸既多，得食自然很容易，侵害大雁的动物很少，行动又极自由。大雁在这样安适的地方生活，真个其乐无比。

可是，这样安适的地方不是常年不变的。过了夏天就是秋天，冰雪又要来管领这个地方了。因此，大雁必须每年一次离开故乡，到南方来避寒。

（1934年6月发表，原题为《雁》）

蚕

　　每年的春末，养蚕的人取出去年所收的蚕卵，把盐水洒在上面，这叫做"浴蚕"。蚕卵是蚕蛾生的，黏在纸上，密密地铺排着，不留空隙。初生的时候卵是黄色的，渐渐转绿，后来成为黑色；它比针尖大不了多少，分量很轻，一万颗只有一克重。每一只雌蛾能生卵七百多颗，生完卵它就死了。雄蛾交尾以后就被丢掉。雌蛾也有不生卵的。

　　蚕才孵化，细小得很，像黑丝的断屑，那时候桑叶要剪碎了喂的。渐渐长大起来，大约十天工夫，眠期到了。同在一起的蚕，眠期有早有晚，并不齐一。眠的时候不吃桑叶，也不行动，经过四十八个钟头，就脱去了一层皮，重又活动起来，这是"头眠"。"头眠"以后十天，眠期又到了，这是"二眠"。顺次到了"四眠"，那就快要吐丝结茧了。"四眠"的时候蚕身最长；过了"四眠"，反而缩短了，通体显得透明。蚕从初生到结茧，除了眠期，不停地吃着桑叶。过了"四眠"的蚕许多聚在一起，吃桑叶的声音刹，刹，刹，刹，好像一阵急雨落在芭蕉叶上。

　　蚕将要结茧的时候，养蚕的人把它们放到稻秆束上，这叫做"上山"。蚕就在那里吐丝结茧。结成了茧就化做蛹，自己耽在茧中。

吐丝的时候，蚕昂起了头上下摇动，丝就从它的嘴里出来，本来是两缕，离了嘴才合做一缕，围绕着蚕身，渐积渐厚，结果成为椭圆形的、稍微有点儿弹性的茧。起初吐出来的丝浮松地附着在茧的外面，这叫做"茧网"，是不能拿来缫丝的。茧白色的居多，间或有黄色的。也有两条蚕合结一个茧的，茧比寻常的大得多，中间有两个蛹。

把蚕丝放到显微镜下面去看，就见两股东西互相纠缠着，像透亮的玻璃一般，因此知道本来是两缕，由蚕嘴里黏液的力量，才合做一缕的。丝质极细极轻，一千个茧的丝合在一起，只有四克多一点的生丝。

（1934年写毕 选自开明高小国语课本第二册）

夏天的雨后

　　逢到夏天，我们都欢迎下雨。只等雨点一停，我们就跑到院子里去，或者外面的低洼处去。刚下的雨水并不凉，赤着脚踏在里边，皮肤上会有一种快感。彼此高兴地践踏着，你溅了我一身，我溅了你一脸。偶然失脚滑倒了，沾了满身的泥，引得旁人一阵哄笑。然而很少因此退缩的，更没有人哭了，多数是越跌越起劲，甚至故意滑倒惹旁人笑。

　　拾蝉、捉青蛙也是雨后有味的事情。蝉经了雨，被冲到地上，伏在草丛里不能飞，很容易拾到。拾了几只回来，放在篾丝笼里，可以随时听它们叫。青蛙平时难得到岸上来，雨后大概因为快活的缘故，多数蹲在草丛中阁阁地叫着。它们非常机警，跳跃也极灵活，一听见声响就急忙跳进水里。得轻轻地走近去，眼快手准，出其不意地把它抓住。有时脚踏不稳，被苔滑倒，沾了一身泥水；等爬起来，青蛙早就溜走了。

　　雨后钓鱼，那就更有趣了。镜子一样平的河水澄清碧绿，有时起一些细碎的波纹。杨柳的枝条倒挂下来拂着河面，点点的水珠时时从树上落下。鸟儿唱着轻快的歌。水草散出一种清爽的气息。我们一面下钓，一面玩赏这种画境，快活得说不出来。我们对于钓鱼并不在行。有时看见浮子动了，急忙提起，却一无所有。有时提起得迟了，被鱼儿白吃了饵去。有时鱼儿已经上了钩，却因提起的方法不对，重又落在河里。然而有时也会钓到很大的鱼，我们就唱着喊着跑回家。

此外还可以采菌。那就非在久雨之后不可了，因为菌类要经过多日的阴雨，才会长出来。每逢久雨初停，村里常常有许多人到野外去采菌。于是我们也戴着草帽，提着竹篮，高高兴兴地跑到田里。不多一会儿工夫，就采满了一篮。回家来炒着吃，或者做汤、下面，味道都是很好的。所以每逢连着下雨，我们就知道有一顿很好的午餐或者晚餐在等着我们了。

（1934年写毕 选自开明高小国语课本第二册）

浙江潮

我们从杭州乘汽车出发，行驶一个半钟头，经过海宁城，到了八堡；这段路程共五十四公里。时间正是十二点三十分，潮还没有来。江岸上看潮的人却已经聚得很多，男女老少都有；各种色彩、各种式样的服装，在晴明的阳光中显得鲜艳悦目。前面是缓缓流动的一江水。

我们沿着石塘走。看浙江省政府所立的石碑，知道这叫做"溪伊斜坡石塘"，是十九年七月完工的。溪伊大概是这里原来的村名；现在称八堡，因为从杭州起划分沿海区域，到这里是第八段的缘故。石塘作凹字形，为的减轻浪潮的冲激力；据说以前这里的旧塘曾被大潮冲坏，淹没了不少的田地和房屋。

十二点四十五分，忽然听得隆隆的声音，好像很远的地方有个工厂正开动着机器。"来了！来了！"塘上的人一齐伸长了脖子向远望。只见水天相接的地方涌起一条白线，江水却还是缓缓地流动。然而一转眼间，那声音就变得非常强大，轰轰地，布满空间，使人屏住呼吸不敢做声。潮头已在前面不远的地方了，仿佛兵士排着队伍，穿着雪白的服装，滚滚地直向石塘扑来。这是南潮，潮头四五公尺高。同时东面又突起一个潮头，像一大纵队的兵士急奔直进，

和南潮正交，成丁字形。互相冲激的结果，潮头涌起得更高了；声音也更大，好像地球上立刻会有什么大变动到来似的。

南潮先到岸，用巨大的力量横拍石塘；浪花直溅，像积着雪的树，像美丽的小冰山。江面完全皱了，颜色转暗，白泡沫急速地跳荡着。东潮紧跟在南潮的后头，高达七八公尺，忽起忽落，像千万骑兵冲锋奔来，斜掠着塘角。东南两潮这样地冲撞着，攻击塘岸，共有十多次，才一齐向上游涌去。明明就是这一江水，然而和先前大不相同了，它奔腾，它呼号，气势可以吞没一切，谁还记得它缓缓流动的旧面目。

我们看出了神，大家都没有话说，只有兴奋的眼光互相看了一眼，仿佛说："这就是浙江潮呀！"

（1934年写毕 选自开明高小国语课本第三册）

各种声音

各种的声音引起我们各种的情趣，各种的想象。

早上醒来，眼睛还没有张开，听见碎乱的一片小鸟声，就知道明亮的阳光在等着我们了。傍晚的时候，听见乌鸦一阵阵地呼噪，就知道人家的烟囱里要冒出炊烟来了。

鸭儿成群游泳，呷呷地叫着，使我们想来江南的春景。鹰儿在蔚蓝的天空中盘旋，徐徐地发出尖锐的鸣声，使我们想起北方的清秋。

夏天，树枝一动不动，送出一片的蝉声来，我们只觉得很寂静。秋天的夜里，围绕屋子都是秋虫的声音，我们也觉得很寂静。同样的寂静却又有不同：蝉声带着热味，而秋虫声带着凉意。

人家聚集的地方也就聚集着鸡和狗，所以一听见鸡啼狗叫，我们便感觉来到了乡间的村落。我们到动物园里去，听见了狮子一声吼叫，即使旁边有着许多游客，总好像独自留在深山荒野里了。

水声是很有趣味的。小溪好像一个人在那里轻轻地弹琴，瀑布好像许多人在那里不断地打鼓，弹琴固然寂静，打鼓也不觉得喧闹。大江大海的声音却像山崩地陷，带着一种惊天动地的气势，我们听着只觉得自己的渺小，连口气都不敢出了。

　　走进都市里，到处能听见人为的声音。火车和汽船呜呜地响着汽笛，各种车辆发出各种的声音，有些店家奏着招引买客的音乐，有些店家开着无线电收音机。如果走近工厂，就听见机器运转的声响，很有规律，显示着巨大的力量。这些都是人类文化的声音，情趣和前面说的那些声音自不相同。

　　各种的声音引起我们各种的情趣，各种的想象。

　　　　　　（1934年写毕 选自开明高小国语课本第三册）

邻居

阿菊

　　一天早上，阿菊被他的父亲送进一个光明空阔透气的地方。他仿佛从一个世界投入别一个世界里。他的家里只有一张桌子和两条坏了的长凳，已使他的小身躯回旋不得；半截的板门撑起，微弱的光线从街上透进来——因为对面是典当里库房的高墙，使他从不曾看清他母亲的面庞。门外墙角是行人的小便处，时常有人在那里图一己的便当，使他习惯了不良空气的呼吸。现在这个境界在哪里呢？他真投入了别一个世界了！

　　阿菊的父亲是给人家做零雇的仆役的。人家有喜事丧事，雇他去上宾客们的菜，伺候宾客们的茶水烟火；此外他还当码头上起货落货的脚夫。人家干喜庆哀吊的事，酒是一种普遍而无限量施与的东西，所以他尽有尽量一醉的机会；否则也要靠着酱园里的酒缸盖，喝上两三个铜子麦烧，每喝一口总是时距很长，分量很少，像是舍不得喝的样子，直到酱园收夜市，店门快关了，才无可奈何地喝干了酒，一摇一摆地回家去。那时阿菊早睡得很熟了。

　　阿菊的母亲是搓草绳的。伊的眼皮翻了出来，常常分泌眼泪，眼球全网着红丝——这个是他们家里的传染病，阿菊父子也是这样，不过较轻些。伊从起身到睡眠总坐在一条破长凳上，两手像机器似的工作。除了伊的两手，伊的身躯动也不动，眼睛眨也不眨；伊不像有思想，不像有忧乐，似乎伊的人世只为着那几捆草绳而来的。当阿菊初生时，他尖着小嘴衔着伊的奶头，小手没意识地抓着，可爱的光辉的小眼睛向伊的面庞端详着；对于那些，伊似乎全无知觉，只照常搓伊的草绳。他吸了一会儿奶，便被弃在一个几乎站不住的草窠里。他咿呀欲达意吧，号哭欲起来吧，伊总不去理会他，竟同没什么在旁边一样，柔和的催眠声，甜蜜的抚慰语，在伊的声带和脑子里是没有种子的。他到了四岁，还是吸伊淡薄的奶汁，因为这样可以省却两小碗粥；还是躺在那个破草窠里，仰看黑暗的尘垢的屋板，因为此外更没别的可以容他的地方。

阿菊今年是八岁了。除了一间屋子和门前的一段街道，他没有境遇；除了行人的歌声，小贩的叫卖声，母亲的咳嗽声，和自己的学语声，啼哭声，他没有听闻；除了母亲，他没有伴侣——父亲只伴他睡眠；他只有个很狭窄的世界。今天他才从这很窄狭的世界投入别一个宽阔的世界里。

一位女教师抚着他的肩，慈爱地轻婉地问道："你知道你自己的名字吗？"他从没经过被询问，这是骤然闯进他生命里的不速之客，竟使他全然无法应付。他红丝网满的眼睛瞪住了，本来滑润的泪泉里不绝地涌出眼泪来。那位女教师也不再问，但携着他的手走到运动场里。他的小手感觉着温的柔的爱的接触，是他从没尝过的，引起了他的怅惘，恐怖，疑虑，使他的脚步格外地迟缓，似乎他在那里猜想道："人和人的爱情这么浓郁吗？"

运动场里没有一件静止的凝滞的东西：十几株绿树经了风微微地舞着，无数雀儿很天真地在树上飞跃歌唱；秋千往还着，浪木震荡着，皮球腾跃着，铁环旋转着，做那些东西的运动的小孩们，更没一个不活泼快乐，正在创造他们新的生命。阿菊随着那位女教师走，他那看惯了黑暗的眼睛经辉耀的壮丽的光明照映着，几乎张不开来。他勉强定睛看去，才见那些和他一样而从没亲近过的孩子们。他自知将要加入他们的群里，心里便突突地跳得快起来，脚下没有劲了，就站住在场角一株碧桃树下。女教师含笑问道："你不要同他们一起玩耍吗？"他并不回答；他那平淡的紧张的小面庞，只现出一种对于他的新境遇觉得生疏淡漠的神情。他的视觉不能应接这许多活动不息的物象，他的听觉不能应接这许多繁复愉快的音波，他的主宰此刻退居于绝无能力的地位了。女教师见他不答也不动，便轻轻地抚他的背说道："那你就站在这里看他们玩耍吧。"伊姗姗地走入场中，给伊的小友做伴侣去了。

一个小皮球流星似的飞到他的头上来，打着头顶又弹了出去，才把他迷惘的主宰唤醒，使他回复他微弱的能力。于是他觉得那温的柔的爱的接触没有了；四顾自己的周围，那携着自己的手的人在哪里呢？打在头顶的又是什么东西？母亲的手掌吗？没有这么轻。桌子的角吗？没有这么软。这件东西真奇怪，可怕。他那怯弱的心里想，这里不是安稳的地方，是神秘的地方；心里想着，两脚尽往后退，直到背心靠住了墙才止。他回转身来，抚摩那淡青色的墙壁，额角也抵住在上边，像要将小身躯钻进去。然而墙壁是砖砌的，哪懂得爱护他，哪里肯放开他坚硬的冰冷的怀抱容纳他，使他避免惊恐，安定心魂呢？

阿菊坐在课室里了。全室二十几个孩子，都不过五六岁左右，今天他加入他们的群里，仿佛平坂浅冈的丛山间插一座魁伟的雄峰。他以前只有他家里的破草窠破长凳是他的座位，如今他有了新的座位，依然照他旧的姿势坐着，在一室里就呈个特异的色彩。他的上半身全拥在桌子上，胸膛磕着桌沿，使他的呼吸增加速度；两脚蜷了起来，尘泥满封的鞋子压在和他并坐的孩子的花衫上边。那位女教师见他这样，先坐给他看，给他一一说明，更指着全室的孩子教他学无论哪一个都好。他看了别人的榜样，勉强将两脚垂下，踏着了地，但不到一分钟又不知不觉地蜷了起来。他的胸膛也很不自然地离开了桌沿；一会儿身躯侧向右面，靠着了并坐的孩子。那个孩子嚷道："你不要来挤我！"他才醒悟，恐惧，现出怅惘的愕顾。一阵率性的附和的喧笑声发出来，各人的耳鼓都感到剧烈的震动。这个在他的经验里真是个可怕的怪物，他的上半身不由得又全拥在桌子上。

　　女教师拿出许多耍孩儿来，全室孩子的注意力便一齐集注在教师的桌子上。那些耍孩儿或裸体，或穿红色的背心遮着胸腹，嫩红的小臂和小腿却全然赤露；将他们睡倒了，一放手便跟着站起来，左右摇动了几回，照旧站得挺直。真是可爱的东西！在阿菊看了更是大扩眼界。他那简单的粗莽的欲望指挥着他的手前伸，想去取得他们，可是伸到了充分地直，还搭不到教师的桌子；同时那怯懦的心又牵着他的手，似乎不好意思地缩了下去。女教师已暗地窥见了他，便笑着对他道："你将这几个可爱的小朋友数一数。"他迟疑了好一会儿，经过了两三回催促，才含糊地仅可听闻地数道："一，二，三，六，五，八，四……"女教师微微摇着头，转问靠近伊桌子的一个女孩子。那女孩子扳着小指，发出尖脆的声音数了，竟没弄错数序。几个孩子跟着伊的尾声喊道："伊数得对。"女教师温颜附和道："果然伊数得对。我给你们各人一个去玩耍吧。"

阿菊取耍孩儿在手，这是他希望而又不敢希望的，几乎不自信是真实的事。他只对着耍孩儿呆看，这是他惟一的玩弄的方法。

"你们可知那些可爱的小朋友住在哪里？"女教师很真诚地发问。

"他们住在屋子里。"群儿作谐和的语调回答。

"屋子里怎么进去？"

"有门的。"

"门比他们的身躯高呢，低呢，阔呢，狭呢？"伊非常悦乐，笑容含优美的画意，语调即自然的音乐。

"阔，高，"有几个说，"自然比他们阔，高。"在那些声音里，露出一个单调的无力的"低"字的音来，这是阿菊回答的。

"门怎么开法？"

"执这个东西。"群儿齐指室门的拉手。

"请你开给我们看。"伊指一个梳着双辫的女孩子说。

那女孩子很喜欢受这使命，伊走到门首，执着拉手往身边拉。但是全无影响。

一部分孩子见他们的同伴不成功，都自告奋勇道："我能开。这么一旋就开了。"

女教师便指一个男孩去。他执着拉手一旋，再往身边拉，门果真开了。伊和群儿都拍手庆贺他的成功。伊更发清朗的语音向群儿道："我们开门先要这么一旋。"说罢，教大家依次去试。

这事轮到阿菊，就觉得是一种最艰难的功课。他拉了一会拉手，不成，又狠命地把它旋转，也不成，便用力向外推，然而何曾推开了一丝半缝。他窘极了，脸皮红到发际，眼泪含在眶里，呼吸也喘起来了，不由得弃了拉手在门上乱敲。但是外面哪里有应门的人等着呢？

那位女教师按着钢琴，先奏了一曲，便向群儿——他们环成一个圆圈站在乐舞室里了——说："我们要唱那《蝴蝶之歌》哩。"他们笑颜齐开了，双臂都平举着，有几个已作蝶翅蹁跹的姿势。琴声再作，那美妙的愉悦的人心之花宇宙之魂的歌声，也随之而发：

飞，飞，飞，飞到花园里。
这里的景致真美丽。
有红花铺的床供我们睡眠；
有绿草织的毯供我们游戏。
飞呀，飞呀，我们飞得高，飞得高。
飞呀，飞呀，我们飞得低，飞得低。
我们飞作一团，不要分离。
你看花在笑我们了，笑得脸儿更红了。
哈！哈！哈！
花呀，你来和我们一起儿飞！
来呀，和我们一起儿飞！

阿菊站在群儿的圈子里，听不出他们唱些什么，但觉自始至终受着感动，一种微妙的醉心的感动。他的呼吸和琴声歌声应和着，引起一种不可描写的快慰，适意，超过他从前惟一的悦乐——衔着他母亲的奶头睡眠。于是他的手舞动起来，嘴里也高高低低地唱起来；这个舞动呈个触目的拙劣的姿势，没有别的孩子那么纯熟灵活；歌呢，既没词句，又没节奏，自然在大众的歌声里被挤了出来。然而这个与他何涉呢？他总以为是舞了，唱了。刚才的窘急，惶恐，怯懦……他完全和它们疏远了。只可惜他领略歌和舞这么晚，况且他能将以后的全生活沉浸在那里边嘛！

阿菊第一天进学校的故事，要算他生活史里最重要的一页了。然而他放学归家，回到他旧的狭窄的世界的时候，他母亲和平日一样，只顾搓伊的草绳，并不看他一眼，问他一声。他自去蹲在黑暗的墙角旁边，玩弄他在学校里偷摘的一根绿草。说不定因这绿草引起了他纷乱的模糊的如梦的记忆，使那些窘急，惶恐，怯懦，感动，快慰，适意……立刻一齐重新闯进他的生命里。晚上他父亲喝醉了人家的残酒归来，摸到板铺的卧榻倒身便睡；他早上曾经送他的儿子进学校，进别一个世界，是忘记得干干净净了。

（1920年12月20日写毕 原题《低能儿》）

一课

　　上课的钟声叫他随着许多同学走进教室里，这个他是习惯了，不用思虑，纯由两条腿做主宰。他是个活动的孩子，两颗乌黑的眼珠流转不停，表示他在那里不绝地想他爱想的念头。他手里拿着一个盛烟卷的小匣子，里面有几张嫩绿的桑叶，有许多细小而灰白色的蚕附着在上面呢。他不将匣子摆在书桌上，两个膝盖便是他的第二张桌子。他开了匣盖，眼睛极自然地俯视，心魂便随着眼睛加入小蚕的群里，仿佛他也是一条小蚕：他踏在光洁鲜绿的地毯上，尝那甘美香嫩的食品，何等的快乐啊！那些同伴极和气的样子，穿了灰白色的舞衣，做各种婉娈优美的舞蹈，何等的可亲啊！

　　许多同学，也有和他同一情形，看匣子里的小生命的；也有彼此笑语，忘形而发出大声的；也有离了座位，起来徘徊眺望的。总之，全室的儿童没有一个不动，没有一个不专注心灵在某一件事。倘若有大绘画家，大音乐家，大文学家，或用彩色，或用声音，或用文字，把他们此刻的心灵表现出来，没有不成绝妙的艺术，而且可以通用一个题目，叫做"动的生命"。然而他哪里觉察环绕他的是这么一种现象，而自己也是动的生命的一个呢？他自己是变更了，不是他平日的自己，只是一条小蚕。

　　冷峻的面容，沉重的脚步声，一阵凌乱的脚声，触着桌椅声，身躯轻轻地移动声——忽然全归于寂静，这使他由小蚕回复到自己。他看见那位方先生——教理科的——来了，才极随便地从抽屉中取出一本完整洁白的理科教科书，摊在书桌上。那个储藏着小生命的匣子，现在是不能拿在手中了。他乘抽屉没关上，便极敏捷地将匣子放在里面。这等动作，他有积年的经验，所以绝不会使别人觉察。

　　他手里不拿什么东西了，他连绵的深沉的思虑却开始了。他预算摘到的嫩桑叶可以供给那些小蚕吃到明天，便想，"明天必得去采，同王复一块儿去采。"他立时想起了卢元，他的最亲爱的小友，和王复一样，平时他们三个一同出进，一同玩耍，连一歌一笑都互相应和。他想，"那位陆先生为什么定要卢元买这本英文书？他和我合用一本书，而且考问的时候他都能答出来，那就好了。"

　　一种又重又高的语音振动着室内的空气，传播开来，"天空的星，分做两种：位置固定，并且能够发光的，叫做恒星；旋转不定，又不能发光的，叫做行星……"

　　这语音虽然高，送到他的耳朵里便化而为低——距离非常远呢。只有模模糊糊断断续续的几个声音"星……恒星……光……行星"他可以听见。他也不想听明白那些，只继续他的沉思。"先生越要他买，他只是答应，略微点一点头，偏偏不买。我也曾劝他，'你买了吧，省得陆先生天天寻着你发怒。'他也只点一点头。那一天，陆先生的话真使我不懂，什么叫'没有书求什么学'？什么叫'不配'？我从没见卢元动过怒，他听到这几句话的时候却怒了。他的面庞红得像醉汉，发鬓的近旁青筋胀了起来，眼睛里淌下泪来。他挺直了身躯，很响地说：'我没有书，不配在这里求学，我明白了！

但是我还是要求学，世界上总有一个容许我求学的地方！'当时大家都呆了，陆先生也呆了。"

"……轨道……不会差错……周而复始……地球……"那些语音又轻轻地激动他的鼓膜。

"不料他竟实行了他的话。第二天他就没来，一连几天没来。我到他家里去看他，他母亲说他跟了一个亲戚到上海去了。我不知道他现在做什么，不知道他为什么肯离开他母亲。"他这么想，回头望卢元的书桌，上面积着薄薄的一层灰尘，还有几个纸团儿，几张干枯的小桑叶，是别的同学随手丢在那里的。

他又从干桑叶想到明天要去采桑："我明天一早起来，看了王复，采了桑，畅畅地游玩一会儿，然后到校，大约还不至于烦级任先生在缺席簿上我的名字底下做个符号。但是哪里去采呢？乱砖墙旁桑树上的叶小而薄，不好。还是眠羊泾旁的桑叶好。我们一准儿到那里去采。那条眠羊泾真可爱呀！"

"……热的泉源……动植物……生活……没有他……试想……怎样？"方先生讲得非常得意，冷峻的面庞现出不自然的笑，那"怎样"两字说得何等地摇曳尽致。停了一会儿，有几个学生发出不经意的游戏的回答，"死了！""活不成了！""他是我们的大火炉！"语音杂乱，室内的空气微觉激荡，不稳定。

他才四顾室内，知道先生在那里发问，就跟着他人随便说了一句"活不成了！"他的心却仍在那条眠羊泾。"一条小船，在泾上慢慢地划着，这是神仙的乐趣。那一天可巧逢到一条没人的小船停在那里，我们跳上船去，撑动篙子，碧绿的两岸就摇摇地向后移动，我们都拍手欢呼。我看见船舷旁一群小鱼钻来钻去，活动得像梭子一般，便伸手下去一把，却捉住了水草，那些鱼儿不知道哪里去了。卢元也学着我伸下手去，落水重了些，溅得我满脸的水。这引得大家都笑起来，说我是个冒雨的失败的渔夫。最不幸的是在这个当儿看见级任先生在岸上匆匆地走来。他赶到我们船旁，勉强露出笑容，叫我们好好儿上岸吧。我们全身的，从头发以至脚趾的兴致都消散了，就移船近岸，一个一个跨上去。不好了！我们一跨上岸他的面容就变了。他责备我们不该把生命看得这么轻；又责备我们不懂危险，竟和危险去亲近。我们……"

"……北极……南极……轴……"梦幻似的声音，有时他约略听见。忽然有繁杂的细语声打断了他的沉思。他看许多同学都望着右面的窗，轻轻地指点告语。他跟着他们望去，见一个白的蝴蝶飞舞窗外，两翅鼓动得极快，全身几乎成为圆形。一会儿，那蝴蝶扑到玻璃上，似乎要飞进来的样子，但是和玻璃碰着，身体向后倒退，还落了些翅上的白鳞粉。他就想，"那蝴蝶飞不进来了！这一间宽大冷静的屋子里，倘若放许多蝴蝶进来，白的，黄的，斑斓的都有，飞满一屋，倒也好玩，坐在这里才觉得有趣。我们何不开了窗放它进来。"他这么想，嘴里不知不觉地说出"开窗！"两个字来。就有几个同学和他唱同调，也极自然地吐露出"开窗！"两个字。

方先生梦幻似的声音忽然全灭，严厉的面容对着全室的学生，居然聚集了他们的注意力，使他们放弃了那蝴蝶。方先生才斥责道："一个蝴蝶，有什么好看！让它在那里飞就是了。我们且讲那经度……距离……多少度。"

以下的话，他又听不清楚了。他俯首假做看书，却偷眼看窗外的蝴蝶。哪知那蝴蝶早已退出了他眼光以外。他立时起了深密的相思，"那蝴蝶不知道哪里去了？倘若飞到小桥旁的田里，那里有刚开的深紫的豆花，发出清美的香气，可以陪伴它在风里飞舞。它倘若沿着眠羊泾再往前飞，一棵临溪的杨树下正开着一丛野蔷薇，在那里可以得到甘甜的蜜。不知道它还回到这里来望我吗？"他只是望着右面的窗，等待那倦游归来的蝴蝶。梦幻似的声音，一室内的人物，于他都无所觉。时间的脚步本来是沉默的，不断如流地过去，更不能使他有一些儿辨知。

窗外的树经风力吹着，似乎点头似乎招手地舞动，那种鲜绿的舞衣，优美的姿势，竟转移了他心的深处的相思。那些树还似乎正唱一种甜美的催眠歌，使他全身软软的，感到不可说的舒适。他更听得小鸟复音的合唱，蜂儿沉着而低微的祈祷。忽然一种怀疑——人类普遍的玄秘的怀疑——侵入他的心里，"空气传声音，先生讲过了，但是声音是什么？空气传了声音来，我的耳朵又何以能听见？"

他便想到一个大玻璃球，里面有一只可爱的小钟。"陈列室里那个东西，先生说是试验空气传声的道理的；用抽气机把里面的空气抽去了，即将球摇动，使钟杵动荡，也不会听见小钟的声音。不知道可真是这样？抽气机我也看见，两片圆玻璃装在木架子上，但是不曾见它怎样抽空气。先生总对我们说，'一切仪器不要将手去触着，只许用眼睛看！'眼睛怎能代替耳朵，看出声音的道理来？"

他不再往下想，只凝神听窗外自然的音乐，那种醉心的快感，决不是平时听到风琴发出滞重单调的声音的时候所能感到的。每天放学的时候，他常常走到田野里领受自然的恩惠。他和自然原已纠结得很牢固了，那人为的风琴哪有这等吸引力去解开他们的纠结呢？

　　"……"他没有一切思虑，情绪……他的境界不可说。

　　室内动的生命重又表现出外显的活动来，豪放快活的歌声告诉他已退了课。他急急开抽屉，取出那小匣子来，看他的伴侣。小蚕也是自然啊！所以他仍然和自然牢固地纠结着。

（1921年4月30日写毕）

阿凤

　　杨家娘，我的同居的佣妇，受了主人的使命入城送礼物去，要隔两天才回来。我家的佣妇很羡慕的样子自语道："伊好幸运，可以趁此看看城里的景致了。"我无意中听见了这句话，就想，这两天里交幸运的不是杨家娘，却是阿凤，伊的童养媳。

　　阿凤今年十二岁，伊以往的简短而平凡的历史我曾听杨家娘讲过。伊本是渔家的孩子，生出来就和入网的鱼儿睡在一个舱里。后来伊父死了，渔船就换了他的棺材。伊母改嫁了一个铁路上的脚夫。脚夫的职业是不稳定的，哪里能带着个女孩子南北迁徙，况且伊是个消费者。经村人关说，伊就给杨家娘领养——那时伊是六岁。杨家娘有个儿子，今年二十四岁了。当时伊想将来总要给他娶妻，现在就替他整备着，岂不便宜省事。阿凤就此换了个母亲了。

　　现在伊跟着杨家娘同佣于我的同居。伊的职务是汲水，买零星东西，抱主人五岁的女孩子。伊的面庞有坚结的肌肉，皮色红润，现出活泼的笑意。但是若有杨家娘在旁，笑容就收敛了，因为伊有切实的经验，这个时候或者就会有沉重的手掌打到头上来。哪得不小心防着呢？

　　杨家娘藏着满腔的不如意，说出来的话几乎句句是诅咒。阿凤就是伊诅咒的对象。若是阿凤吃饭慢了些，伊就说："你是死人，牙关咬紧了吗！"若是走得太匆忙，脚着地发出蹋蹋的声音，伊又说："你赶去寻死吗！"但是依我猜想，伊这些诅咒并不含有怨怒阿凤的意思；因为伊说的时候态度很平易，说过之后便若无其事，照常工作，算买东西的账，间或凑主人的趣说几句拙劣的笑话——然而也类乎诅咒。伊的粗糙沉重的手掌时时要打到阿凤头上，情形正和诅咒相同。当阿凤抱着的主人的女孩子偶然啼哭时，杨家娘的手掌便很顺手地打到阿凤头上。阿凤汲水满桶，提着走时泼水于地，这又当然有取得手掌的资格了。工作暇时，杨家娘替阿凤梳头，头发因好久没梳，乱了，便将木梳下锄似的在头上乱锄。阿凤受了痛，自然要流许多眼泪，但不哭，待杨家娘一转身，伊的红润的面庞又现出笑容了。

阿凤的受骂受打同吃喝睡觉一样的平常，但有一次，最深印于我的心田，至今还不能忘。那一天饭后，杨家娘正在拭一个洋瓷的锅子，伊的手一松，锅子落了地。伊很惊慌的样子取了起来，细察四周，自慰道："没有坏！"那时阿凤在旁边洗衣服，抵抗的意念忽然在伊无思虑的脑子里抽出一丝芽来，伊绝不改变工作的态度，但低语道："若是我脱了手，又要打了。"这句话声音虽低，已足以招致杨家娘的手掌。"啪！啪！"……每打一下，阿凤的牙一咬紧，眼睛一紧闭——再张开时泪如泉涌了。伊这个态度，有忍受的，坚强的，英勇的表情。伊举湿手抚痛处，水滴淋漓，从发际下垂被于面，和眼泪混合。但是伊不敢哭。我的三岁的儿子恰站在我的椅子前，他的小眼睛本来是很灵活的，现在瞪视着她们俩，脸皮紧张，现出恐惧欲逃的神情。他就回转身来，两臂支在我的膝上；上唇内敛，下唇渐渐地突出。"啪！啪！"的声音送到他耳管里还是不断，他终于忍不住，上下唇大开，哭了——我从他这哭声里领略人类的同情心的滋味——便将面庞伏在我的膝上。后来阿凤晒衣服去，杨家娘便笑道："囝囝，累你哭了，这算什么呢？"阿凤晒了衣服回来，便抱主人的女孩子，见杨家娘不在，又很起劲地唱学生所唱的《青蛙歌》了。

杨家娘这等举动似乎可以称为"什么狂"。我所知于伊的一些事实，是伊自述的，或者是伊成为"什么狂"的原因。伊的儿子学习木工，但是他爱好骨牌和黄酒胜于刀锯斧凿。有一回，他输了钱拿不出，因此和人家厮打，给警察拘了去。警察要他孝敬些小费，他当然不能应命，便将他重重地打了一顿。伊又急又气，只得将自己积蓄的工资充警局的罚款，赎出伊受伤的儿子。调理了好多时，他的伤痊愈了，伊再三叮嘱他，此后好好儿做工，不要赌。谁知不到三天，人家来告诉伊，他又在赌场里了。伊便赶到赌场里，将他拖了出来，对他大哭。过了几天，同样的报告又来了；并且此后屡有传来。伊刚听报告时，总是剧烈地愤怒；但一见他竟说不出一句斥责的话，有时还很愿意地给他几百文，教他买些荤菜吃。——这一些事实，或许就是激成"什么狂"的原因。

杨家娘既然受了使命出去，伊的职务自然由阿凤代理。阿凤做一切事务比平日真诚而迅速，没有平日的疏忽，懈缓，过误。伊似乎乐于做事，以做事为生命的样子。不到下午三点钟，一天的事务完了，只等晚上做晚饭了。伊就抱着主人的女孩子，唱《睡歌》给伊听。字句和音节的错误不一而足，然而从伊清脆的喉咙里发出连缀的许多声音，随意地抑扬徐疾，也就有一种自然的美。主人的女孩子微微地笑，要伊再唱。伊兴奋极了，索性慈母似的拍着女孩子的身体，提高了喉咙唱起来，和学生起劲时忽然作不规则的高唱一样。

伊从没尝过这个趣味呢。平日伊虽然不在杨家娘跟前，因为声音是可以传送的，一高唱或者就有手掌等在背后，所以只是轻轻地唱。现在伊才得尝新鲜的趣味。

唱了一会儿，伊乐极了，歌声和笑声融合，到末了只余忘形的天真的笑声，杨家娘的诅咒和手掌，勉强做粗重工作的劳苦，伊都疏远了，遗忘了。伊只觉伊的生命自由，快乐，而且是永远的，所以发出心底的超于音乐的赞歌，忘形的天真的笑声。

一只纯白的小猫伏在伊的旁边。伊的青布围裙轻轻动荡，猫的小爪似伸似缩地想将它攫住，但是终于没有捉着。伊故意提起围裙，小猫便站了起来，高举前足；一会儿因后足不能持久，点一点地，然后再举。猫的面庞本来有笑的表情，这一只猫的面庞白皙而丰腴，更觉得娇婉优美。它软软地花着眼睛看着伊，似乎有求爱的意思。伊几曾被求爱，又几曾施爱？但是，现在猫求伊的爱，伊也爱猫，被阻遏着的人类心里的活泉毕竟涌溢了。伊平日常常见猫，然而不相干，从今天此刻才和猫成为真的伴侣。

伊就放下女孩子，教伊站在椅旁。伊将围裙的带子的一端拖在地上，引小猫来攫取。小猫伏地不动，蓄了一会儿势，突前攫那带子。伊急急奔逃，环走室中，小猫跳跃着跟在背后，终不能攫得。那小猫的姿态活泼生动，类乎舞蹈，又含有无限的娇意。伊看了说不出的愉快，更欲将它引逗，两脚不住地狂奔，笑着喊道："来呀！来呀！"汗珠被于面庞，和平日的眼泪一样的多；气息吁吁地发喘，仿佛平日汲水乏了的模样，然而伊哪里肯停呢？

这个当儿，伊不但忘了诅咒，手掌和劳苦，伊连自己都忘了。世界的精魂若是"爱"，"有趣"，"愉快"，伊就是全世界。

（1921年3月1日写毕）

义儿

义儿最喜欢的东西就是纸和笔了：不论是练习英文的富士纸，印画地图的拷贝纸，写大楷的八都纸，乃至一张撕下的日历，一页剩余的文格；不论是钢笔，蜡笔，毛笔，铅笔，乃至课室内用残的颜色粉笔，一到他手里，他就如获得世界的一切了。他的右手一把握着笔杆，左手五指张开按着铺在桌上的纸，描绘他理想中的人物屋鸟；他的头总是侧着，一会儿偏左，一会儿偏右；舌尖露出在上下唇之间，似乎要禁止呼吸的样子。他能画成侧形的鲤鱼，俯视形的菊花，从正面几笔，或加上一部分。有时加得高兴了，鲤鱼的鳞片都给画上短毛；菊花的花瓣尽量加多，以致整朵花凑不成个圆形；从烟囱喷出的烟越涂越多，所占纸面比屋子还大。他看看这不像一幅画了，就在上面打一个大 ×，或者撕成两半，叠起来再撕，如是屡屡，以至于粉碎。他留着的画稿都折得很小很小，积存在一个旧的布书包里。

他当然同别的孩子一样，喜欢奔跑，喜欢无意识地叫喊，喜欢看不经见的东西，喜欢附和着人家胡闹。但是他不喜欢学校里的功课。他在课室里难得静心，除了他觉得先生演讲的态度很好玩，先生如狂的语声足以迷住他的思想的时候。若是被考问时，他总能够回答，可是只有片段的，不能有完整的答案。所以他的愚笨懒惰等等罪名早在他的几位先生的心里成立了。就是那位图画先生，也说他不要好，只知道乱涂，画得简直不成东西。这是的确的，他逢到画图的功课，随随便便临了黑板上先生画的一幅画，缴给先生就算了，从没用过一点心，希望它好。

他的父亲早死了，母亲养护着他，总希望他背书像流水一般的快，更读通一点英文，将来好成家立业。但是实际所得的只是失望和悲伤。义儿今年十二岁了，高等小学的二年级生了，赞美他的声息一丝也听不到，却时时听得些愚笨懒惰欢喜捣乱等对于他的考语。她很相信这些考语是确实的，不然，何以义儿回了家总不肯自己拿出书来读，必待逼迫着呢？又何以总是一字一顿地读，从不曾熟诵如流水呢？他只喜欢捉虫子，钓鱼儿，涂些怕人的东西在纸上，这不是捣乱吗？而且有什么用处呢？她想到这等情形时，就很自然很容易地引起旧有的胃病。"我的心全在你的身上，现在给你撕得粉碎了。"她老是对义儿这么说。义儿听了，也不辨这句话何等伤心，只觉得意味非常淡薄，值不得容留在脑子里。因此他一切照平常做去。

有一次他将积蓄着的母亲给他的钱买了两匣纸烟匣内的画片，有两次他跑到河边，蹲在露出河面的石头上钓鱼，再有几次，他到不知什么地方去逛，直到天黑才回家，都惹起了母亲的恼怒和悲戚。她知道同他说伤心的话绝对没有效果，但是总希望得到一点效果，便换了个似乎较有把握的办法，就是打。她的细瘦惨白的手握着一把量衣的尺，颤颤地在他身上乱抽，因为怨恨极了，用了好大的力气。可是他一声都不响，沉静的面孔，时而一瞬的眼睛，都表示出忍受和不屈的意思。她呼吸很急促，断断续续地问："可知道你的错处吗？下次还敢这样吗？"他只当没有这回事，并且侧转他的头。她没有法子了，余怒里却萌生一丝智慧，就说："假如下次不敢，我就饶恕了你这一次。"这时候他的头或者微微一摇，或者轻轻一点，或者只有摇或点的意思，都被认为悔过的表示，她的手就此停了，她的怨恨就此咽下去了。事情就这样完结了。可是她的失望的心因此而凝固，她相信义儿是个难得教好的孩子，想起的时候就默默流泪，怨自己的命运不好，更伤悼丈夫的早死。

母亲终究是母亲，虽然觉得今后的失望是注定的了。义儿上学校去的时候，她总要问他穿的衣服够不够，肚子吃饱了没有；有时买了一点吃的东西，或是人家送了什么饼饵糖果来，她总把最好的留着给他吃。他是难得教好的，他是引起她的失望和悲伤的，她却全然不想到了。

义儿还有两位叔叔，也是时常斥责他的。不知为什么，他对于那位三叔特别害怕，一看见周身就不自由起来，好像被束缚住的样子。对于他的劣迹，三叔发现得最少，因为三叔看见他时，他总是很安定很规矩的。人家发现了义儿的错处，就去告诉三叔，靠三叔来达到训诫他的目的——就是义儿的母亲也常常如此。三叔训诫义儿的时候，义儿的面孔就红了，不敢现出沉静的神态了，头也不敢侧转了；三叔教他以后不要再这个样子，他就很可怜地答应一声"知道了"。胜利每每操在三叔手里，三叔就发明了处置义儿的秘诀。三叔向义儿的母亲和旁人这么说："处置义儿惟一的方法，就是永远不要将好颜脸对他。我就这样做，所以他还能听我的话。"义儿的母亲对于这句话非常信服，可是她熬不住，不能不问暖问饱，留最好的东西给他吃。

一张山水画的明信片，上面有葱绿的丛树，突兀的山石，蓝碧的云天，纤曲曳白的迴泉，义儿从一个同学手里得到了。他快活非常，宛如得了宝贝，心想临绘一张。不干不净的颜色盒，是他每天携带的，他取了出来，立刻开始工作。一张桌子不过一方尺有余的面积，实在安放不下墨水瓶，砚台，颜色盒，明信片，画图纸，两条手臂，等等东西。然而一个课室里要布置五六十张桌子，预备五六十个学生做功课呢，怎能顾得各人过分的安适？好在义儿已经习惯了，局促的小天地里他自能优游如意。此刻他将墨水瓶摆在砚台上面，明信片靠着瓶口，就仿佛帖架托着画帖。左手拿着颜色盒，桌子上面就有地位平铺画纸了。他画得非常专心，竟忘了周围的和自己的一切，没有思虑，没有情绪，只有脑和手联合的简单的运动，就是作画。同学的喧声和沉重且急速的脚步，或是走过他旁边的暂时止步而看他一看，对于他只起很淡很淡的感觉，差不多春夜的梦一般，迷离而杳渺。功课又开始了，同学都上了他们的座位了，英文先生也进了课室了，他周围的空气全变，而他如无所觉，还是临他的画。

竖起的明信片很引人注目，加上义儿那坐着作画的姿势，英文先生一望便明白了。他不免有点恼怒："他在那里作画，连课本都不拿出来，分明不愿意上我的功课。"他这么想，宏大而严正的呵斥声就从他喉间涌出："沈义，你做什么！现在是什么时候？你的课本哪里去了？你不爱上我的功课，尽管出去，你在课室外画一辈子的图我不来管你，在我的课室里却容不得你这样懒惰捣乱的学生！"同学们听了，有的望着义儿，看他怎么下场；有的故意看书，表示自己的勤勉；更有的向着英文先生红涨的怒容只是微笑；课室内暂时静默。

义儿被唤醒了，还有几株小树没画上，他感觉不舒快，像睡眠未足的样子。他知道不能再画了，便将明信片画幅颜色盒放入抽屉里，顺便拣出读本来，慢慢地翻到将要诵习的一课。他并不看先生一眼，脸容紧张，现出懊丧的神态。这更增加了英文先生的怒意。"早已说过了，若是不愿意，就不必勉强上我的课！你恼怒什么？难道我错怪了你？上课不拿出课本来，是不是懒惰？因你而妨害同学的学习，是不是捣乱？我错怪了你吗？"

"是的，没有错怪。"义儿随口地说，却含有冷峻的意味。"现在课本已拿出来了，请教下去吧，时间去得快呢。"同学们不料义儿有这样英雄的气概，听着就大表同情，齐发出胜利的笑声来。刚才的静默的反响就是此刻的骚动了，室内不仅是笑声，许多的足在地板上移动的声音，桌椅被震摇而发出的咭咭格格的声音，英文先生把书扔在桌上并且击桌的声音，混成一片。

英文先生觉得这太难堪，不叫义儿立刻退出课室，不足以维持自己的威严。他就很决断地说："你竟敢同我斗口！你此刻就出去，我不要你上我的课！"其实英文先生并没仔细地想，说这句话很危险的，假若义儿不听话，不立刻退出课室，岂不更损了威严？果然，义儿听到驱逐令，只将身体坐后一点，以为这样就非常稳固了——他绝对没有出去的意思。同学们的好奇心全部涌起了，先生的失败将怎样挽救，义儿的抵抗将怎样支持，都是很好看的快要上演的戏文。他们望望先生，又望望义儿，身躯频频转侧，还轻轻地有所议论，室内的空气更显得不稳定。

英文先生脸已红了，他斜睨义儿，见他不动；又见许多学生都好像露出讥讽的颜色。这是何等的侮辱啊！他的血管胀得粗了，头脑岑岑地响了；一种不可名的力驱策着他奔下讲台，一把抓住义儿的左臂，用力拉他站起来。义儿有桌子做保障，他两手狠命地扳住桌面，坐着不动；他的脸色微青，坚毅的神色仿佛勇士拒敌的样子。英文先生用力很猛，只将义儿的左臂震摇，桌子便移动了位置，并且发出和地板摩擦的使人起牙齿酸麻之感的声音。义儿终于支持不住，半个身体已离开桌子了；桌子受压不平均，忽然向左倾侧。一霎的想念在英文先生的脑际涌现，他想桌子倒时一定发出重大的声音，这似乎不像个样子。他就放了手，义儿的身躯重复移正，桌子便稳定了。于是课室内的战事暂时休止。

同学们观战，早已忘了自己在什么地方了；有的奋一点无所着力的力，同情于义儿的拒敌；有的只觉此事好玩，最好多延长一刻；有的觉得这是个机会，便取出心爱的玩意儿来玩弄，或是谈有趣味的话。总之，在课室之内，上功课的事是没有人想到了。直到先生放手，惊奇的目光又集中在先生脸上。

英文先生把手放了，忽然觉得这个动作太没意思，况且许多学生正看着自己的脸呢。但是，再去抓他也不好，要再抓何必放呢？窘迫的感觉包围全身，使他不敢正眼看周围诸人。他只喃喃地说："你不出去也好，我总不承认你留在这里。刚才的事退了课再同你讲。现在且上功课，你不爱上，同学们要上呢。"他很不自然地走回他的讲台。

学校里从此起风波了：英文先生将义儿的事告诉了级任先生，说以后一定不要义儿上他的课。级任先生口里虽不说什么，心里却异常踌躇，不要他上课就是不肯教他，哪有学校里不肯教学生之理？并且在英文课的时间叫他做什么呢？若是还叫他上英文课，英文先生的面子又怎么顾全？说不定英文先生因此动怒，又生出另外的枝节来。级任先生宛如受了过大的刺激，觉得满心都是不爽快，他就告诉了义儿的三叔，他们俩是天天在茶馆里会见的茶友。许多同学呢，他们将义儿的事作为新闻，一散课就告诉别级的同学，像讲述踢球的胜利那么有味——于是别级的同学流动不居的心里又换了个新的对象了。他们怀着好奇的心在那里观望：课已退了，英文先生将怎样办理这一件事呢？义儿仍旧取出抽屉里的东西，完成他的画幅，可是心里总觉不安定，有点惊怯，以后将有什么事临头，模糊而不能预料。一块小石的投掷可以激动全世界的水，虽然我们不尽能看见波纹：现在的情形就是这样了。

三叔听了级任先生的诉说，当然痛恨义儿的顽劣；一方面想法解决这件事。他说："由我训诫他，已经不知几回了！当着面他总是很能领受的态度，自称情愿悔改，可是一背面第二个过失就来了。他母亲打他骂他，差不多是每天的常课，更没有什么用处，当时他就不肯说一个改字。我们须得换一个方法才行。"

"是呀，须得换一个方法，"级任先生连连点着头说，"他在课室内这样捣乱，非但同学们和授课的先生受他的累，连我也觉得难以措置。总要使他知所畏惧，以后不敢再这样，才得大家安静呢。"

"英文先生方面，由我去赔罪。为他的话的威信起见，不妨令义儿暂时不上英文课；到哪一天，说'你确能改过，英文先生恕你了'，然后再叫他上课。"

"你这办法，解除了我的为难了！"级任先生露出得意的笑容，压在他肩上的无形的重负似乎轻了好多。"就这么办吧。可是怎能使你家义儿确能改过呢？"

三叔轻轻击一下桌子，端起茶杯呷了口茶，然后说："就是你所说的那句话，要他知所畏惧。我想他这么浮动的心情，都由每天回家，常同外面接触而来的。若是叫他住在学校里，和外间一切隔离，过严苦的生活，他一方面浮动的心情渐渐定了，一方面尝到严苦的生活的滋味而觉得怕了，或者不再有什么坏的行为做出来吧。"

"这确是一个办法。就叫他住在我的房间里好了。但是，你先要给他一个暗示，重重地训斥他一顿，使他没搬进学校就觉得懍然。"

"我知道，我有法子。"

一切都照三叔的计划进行，义儿搬进学校里住了。他本来很羡慕住校的同学。他常常想晚上的学校里不知怎么个情形，课室里点了灯，许多同学坐在一起，不是很好玩吗？可是他并不曾向母亲要求过要在校内寄宿，因为他不能设想这事的可能。现在母亲忽然端整了被褥一切，叫他住在校里，实在是梦想不到的。这就是他往日的学校呀，但在他觉得新鲜。晚饭的铃声，课室里点了火的煤油灯，住校的同学的随意谈笑，夜色笼罩下的操场上的赛跑，都是他从来不曾经历的。他听着，看着，谈着，玩着，恍恍惚惚如在梦里，悠久而又变化多端。他在睡眠之前很匆促地摹印一张《洛川神女之图》，到末了画那条衣带，墨色沸了开来，就把全幅撕了；但是他很觉舒适。母亲的唠叨现在是非常之远，好似在她怀抱里的时候的事；画完一幅画，居然没听见"又在那里涂怕人的东西了"的责骂。更可希望的，一个同学约他明天一早去捉栖宿未醒的麻雀。他在床上想，到哪里去取竹竿，怎么涂上了膏，预备怎样一个笼子，怎样伸手……渐渐地模糊，不能想了。

两三天内，级任先生暗里观察，希望看见义儿愁苦怯惧的面容。可是事实竟相反，义儿还是往日的义儿，而且更高兴了一点。

当级任先生到茶馆时，三叔就问他："义儿可又闹了什么事？"

"暂时没有。"级任先生微露失望的神态，语言间带着冷然的调子。

"他住在校内觉得怕吗？"

"怕？"级任先生斜睨着三叔，"哪有这回事！他还是往日的模样，而且更为高兴。"

"他竟不怕吗？"三叔怅然愕视。

（1921年10月29日写毕）

小蚬的回家

厨刀剖开鱼肚的事情，孩子看惯了。他看清楚刀锋到处，白色的肚皮便裂开了，脏腑随即溢出；又看清楚向上一面那只茫然瞪视的眼睛，一动不动；也看清楚尾巴努力拨动，拍着砧板，表示最后的无力的抵抗。

他照样尝试了，虾替代了鱼，小钱是厨刀的代用品。要对分地剖开虾的肚皮，并不是容易的事，更兼小钱没有厨刀那么锋利。于是他改换方法，将虾切成几段。这是勉强割断的，割断处没有刀切的那样平准；只见几颗半透明的肉微微地颤动着。他庆幸成功似的说："我也杀鱼，我把它打了段了！"

我说："你这样做，它母亲在家里哭了。它怎能再回去见母亲呢？"

"虾也有母亲吗？"孩子张大乌黑的有光的眼睛，好奇地问。

"你有母亲，虾当然也有母亲。什么东西都有母亲：虾有，鱼有，螃蟹有，蜻蜓有，杨梅有，桃子有，荸荠有，甘蔗有。它们的母亲同你的母亲一样，非常喜欢它们呢。"

孩子仿佛受催眠了，他默不作声。

"你想，虾偶然出来游玩，是它母亲叫它出来的。它母亲说：

'你在水中玩得厌了，今天到陆上去走走吧。但是，要早点儿归来，不要累我等待，使我焦心。'它于是到了陆上，到了我们的篮子里，到了你的手里。现在，它不能回去了。它母亲等待它不见到家，将要怎样地难过？它要懊悔，叫它出去游玩，却把它丢了。它再没有'好孩子，好宝贝'可叫了，再没有心爱的孩子抱在怀里了，一定会哭出许多眼泪来。你看，明天河里的水要涨到齐岸了。"

孩子很不高兴，头向左略偏，同情的忧愁的眼光看着我。

"你再想，它被你切断的时候怎样地难过？它想到家里的母亲，从此不得再见，它的心先碎了。它希望母亲来救它，希望你放了它，但是两样都不成。它只得默默地远远地告诉它母亲说：'母亲呀，你叫我出来游玩，如今不得归家了。我遇见了个凶狠的小孩，他把我，你的好宝贝，杀死了！'你……"

孩子流泪了，但并不放声哭，随即侧转头，枕在我的胳臂上，面孔紧贴着我的身体。

隔了几天，我牵着他的手从田岸上走去，想到眠羊泾旁看小鱼。他手里玩弄着一个小蚬，是刚才来的一个渔妇给他的。

两旁田里的油菜尽已割去。泥土已经翻过，预备作稻田了。初出的粉蝶还很软弱，只在田岸旁的小紫花附近飞飞歇歇，引得孩子的脚步徐缓了。四望村树云物，都沉浸在清朗静穆的空翠里。我想："近处，远处，这边，那边，都不像正有纷纭的人事在那里炉水一般沸腾起来。这景象何等安静啊！"

我们到了眠羊泾旁，孩子首先注意对岸的两头小黄牛。这一头的还没长角的前额，凑近那一头的，轻轻地互相摩擦。它们很舒服的样子，徐徐阖眼，又徐徐张开来；面孔都似乎有笑意。孩子说："它们做什么？"

我似乎感受到两头小牛肉体上的不可说的舒适，随口答道："它们相好呢。"

孩子忽然问："要不要让小蚬回去看它母亲？"他低着头看河水潜隐地流动，面上现出趣味的笑容。不知道他心里正作什么幼稚的玄想呢。

"很好，让它去看母亲。"

河面发出个轻悄的声音，"东"，小蚬回家去了。

（1922年5月21日写毕）

老牛的晚年

　　老黄是我家的一头老牛。父亲买来的时候，它还是小牛，是在我家长大的，一年四季替我们做各种工作；现在它老了，衰弱了。我父亲疼爱这位老伙计，说它辛苦了一生，不能再让它做什么工作了，让它安逸地自由地过它的晚年吧。

　　老黄爱躺在门前的麦场上。我们一群孩子总欢喜围绕着它，抚摩它的面颊，梳它的毛，亲热地拍拍它，拿一些草料来喂它，或者采了花做成花环，挂在它的角上。它被我们打扮得像一个喜欢修饰的老头子，有时似乎也觉得自己有点怪模怪样，可是从来不和我们生气。它总是张大了眼睛，和气地看着我们；它的眼光中好像有许多话要对我们说。我们问："什么事，老黄？告诉我们。你要什么？"它不回答，总是摇一摇头，呼一口气，没有牙齿的嘴巴又慢慢地咀嚼起来。

　　我们给老黄很多的草料。它差不多整天在那里咀嚼。虽然如此，它还是瘦得可怕，肚皮瘪了进去，肋骨一条一条数得清；肩胛骨，脊椎骨，总之全身的骨骼都露出来了，很像地理模型上连绵不断的山脉。

　　每天早上，老黄抖去了身上的稻草，从棚里钻出来，跑到河边去喝水，喝够才慢慢地回来。傍晚，大家要吃晚饭了，它又出去喝饱了水才回来睡觉。它每天两回，做这样短距离的散步，时间这样准，大家竟把它当作时钟看待。

夏天，我们常常带着老黄和村里的牛羊一同出去放青。那些牛羊全是顽皮、活泼的家伙，喜欢跑到深山里，爬上峭壁，越过山峰。这些游戏对老黄来说就十分困难了，它常常落在后头，很晚才独自回来。

父亲就让老黄和村里的小牛一同出去，因为小牛是不会跑到深山里去的。它跟一群小牛出了村，忽然转身向后跑，回到它的棚里。我们用尽方法赶它到小牛的队伍里去，可是没有用。第二天，它先是生了一会儿气，结果跟着走了；快到正午的时候，却独自回来了。几天之后，它渐渐习惯，不再反对和那些不懂事的小家伙做伴。村里人听说，都特地跑来看老黄跟着一群小牛出去放青。老黄在一大队小牛的旁边走，像一个教师领着一群小学生，时时照看着它们。

这天，老黄忽然病了。它不到草场上来，只是静静地躺在棚里。它的身体一天比一天衰弱，经常发抖，毛都竖着。看它那无力的眼神，可以知道它十分痛苦。我们替它披上一条毯子，给它吃的，它尝也不尝。我们提一桶清水给它；它把鼻头浸到水里，立刻缩了回来，大声地哼着。我们请了兽医来，仔细地给它检查，卷它的尾巴，拉它的耳朵，又翻起它的眼皮来看。最后，拿一些辛辣的黑色药粉放在它的鼻孔边，强迫它吸进去。

老黄躺着受了好几天苦。我们给它的草料和水，它甚至没有力气看一眼。身体瘦极了，只剩一堆骨头。后来，它能够起来吃一点儿东西了，四条腿还是没有一点儿劲，站也站不稳。

这一天，春光明媚。桃树上开满了花朵。天明以前下过雨，空气很清新。天上没有一片云。太阳爬上东边的山头，美丽极了。

老黄好像比往日健朗些，快活些。我们非常高兴，特地采了各色的花，做一个大花环，挂在它的角上。我们都抚摸它；它眨着眼睛，表示很乐意接受我们的好意。

老黄站起来用力移动脚步走出门去；仍旧是往常的那副样子，不过更瘦些、更衰弱些罢了。我们想拦住它，母亲说让它去散散步也好，我们就跟在它后面。

老黄一直向河边走去。村里人好久不见它了，都站住了欢迎说："你又出来了，老黄！"

老黄来到河边，喝了些水，又站了一会儿，破例地不回家，却走到近旁的田边。轻风拂着长成的小麦，麦浪下面藏着许多斑鸠，有几只小蝴蝶在结队飞舞。老黄站在田边静静地看着，面对着它熟悉的工作过的地方，还啃去了田边的几棵青草。忽然它站不稳了，全身摇晃，叫了一声，就跌倒了。我们都吓得喊起来，飞快地跑回去报信。

我们跟着父亲赶到田边的时候，老黄已经死了。它的头枕着那个大花环，眼睛睁得大大地望着我们。

（1934年写毕 选自开明高小国语课本第四册）

马铃瓜

从我家到贡院前，不过一里光景的路，是几条冷落的胡同；其中有一段两旁种着矮胖的桑树，有点儿郊野的意味。这一夜没有月亮，只见些疏疏的星；淡淡的青空整个儿发亮。树下的草丛中，那些"秋之歌者"细细碎碎迷迷恋恋地歌唱着，繁复的声音合成一片，却冲不破这桑林的寂静。

我手里提着个轻巧的竹篮，中间盛着两个马铃瓜，七八个馒头，一包火腿，还有些西瓜子花生米制橄榄之类，吃着消遣的东西。我所刻刻念着的惟有那两个马铃瓜：瓜足有饭碗那么大，翠绿的皮上有可爱的花纹，想起时就不自禁地咽唾沫。前一天我向父亲要求说："要我去，必须带两个马铃瓜。"父亲听着笑了，慷慨地答应："这有什么不可以？两个就两个。"那天下午，他果然带了两个马铃瓜回来了，交给我说："放在你的小食篮里吧。"我高兴极了，轻轻地放入篮里，上面盖着些纸，然后放别的东西。到晚间离家的时候，我就抢着提篮子，别的东西都让舅父拿。

舅父提的是一个小小的书箱，里边盛着石印的《四书味根录》《五经备旨》《应试必读》《应试金针》《圣谕广训》一类的书，其余是纸笔墨盒等东西。这时候我读过的只有《四书》和《三经》（《尚书》和《礼记》没有读过，直到现在也不会读），所用的都是塾中通用的本子；在书箱里的这些书籍，实在连名目也弄不大清楚。只听叔父说："这回考试开末有之例，入场时不搜检了，可以公然带书去翻。"他便从他的书架子上理出一些书来，说："这几种书，和前回县府考带的，一并带了去吧。"于是婶母帮着我把这些书装在书箱里。我看看这样细小的字，这样紧密的行款，心想一定是很深很深的东西；至于怎样去翻，简直没有想到。

舅父的另一只手拿着一顶红缨的纬帽，这也是叔父的。父亲叫我把那黄铜顶子旋去了，只留顶盘和竖起的一根顶柱。我把纬帽试戴时，帽檐齐着鼻子，前面上截的景物全看不见了；头若向左右转动，帽子也廓落地旋转。父亲说："反正只有入场的时光戴一戴，不妨将就些。"于是交由舅父拿着。在我们这地方，当舅父的有几种注定的任务，无论如何不能让与别人的，就是抱着外甥剃第一回的头，牵着外甥入塾拜老师，以及送外甥入场应试。这有什么典故，我曾问过好几个长辈，他们都回答不上来；只说："向来是这样的。"直到现在，我还是想不出那所以然。

像这样夜间在街上走，在我的经历中实是稀有的事。只记得有一回吃亲戚家的喜酒，因为看许多客人闹新房，父亲又同几个人猜拳喝酒，回家时也这样晚了。我的两手捧着好几匣喜果，一条右臂被父亲重重的一把拉着。两旁向后移动的全是些黑黑的影子；父亲那一只手提着的灯笼的光，只照着脚下脸盆那样大的一块地，而且昏晕得很，我仿佛觉得地面是空虚的，举起脚来不敢大胆地向下踏。那灯笼动荡着，发出带有幽秘性的寂寞的声响，又使我淡淡地感到一种莫名所以的恐惧。那街道也似乎变得长了，尽走尽走，只是个走不完。我再没有勇气举步了，转身拦住父亲的两腿说："我要抱，我不走了。"

这一次去应试，我虽然十二岁了，虽然县试府试也是夜间去的，然而夜行的不习惯并不减于那回吃喜酒回家的时候；听听那些虫声，越见得路上荒凉极了，因而引起怅怅的感觉。手里的篮子越来越重，似乎正在增加内容；我想："假若马铃瓜多了一个，或者多了两个，岂不快活！"这样幻想着，便换一只手来提，同时询问舅父说："怎么还不到呢？"

"快到了，你听那嘈嘈的人声。"舅父带着鼓励的声调说。我留心听，确然有一阵阵的像茶馆里那样的喧声，似乎在天上飘散开来，在那明亮的淡青色的大幕以外。我们的脚步不禁加快且加重起来；我这才听见自己腾腾的脚声，又觉得有点儿劳困的意味。

我们转了个弯，景象大不同了：人家的门都开着，挂着一盏纸灯笼或是玻璃灯；常常有人出出进进，也有女人孩子站着说笑，看热闹。路上来往的人也不少；又有卖点心和杂食的小贩，歇着担子，提高喉咙，或者敲起小铜锣，招揽主顾。我觉得这景象特别异样，又似与县试府试时不同，倒也很有趣致，可是比拟不来像个什么；又觉得这一切形和声都带点儿阴森之气，便不自主地拉着舅父的长衫。

再往前走就是一片旷场，似乎广阔到没有边际；两根旗杆非常之高，风吹着旗子发出鸷鸟拍翅的声音。旷场中有无数的人在那里移动，我也说不清是多少；总之，我仿佛觉得陷入庙会寺集的群众之中了。前后左右都有碰着人体的顾虑，使我只好拉着舅父的衣襟就在原地旋转。

舅父向北面望着说："时光还早呢。这一回胡家租有寓所，我们到那里歇歇去。"我也被催眠似的向北面望。好容易站到一个适宜的位置，才从群众的间隙里望见贡院的大门。许多的人把大门塞住了；有十几根藤条在他们头顶上抽动，约略听得虎虎的声响，于是他们拥出来一点。门上挂着四盏大的红纸灯，昏黄的光只照着挤在灯下的几个人的头顶；门里面全然看不见什么，好像张着黑幕。我忽然想，这差不多像城隍庙，但是没有城隍庙那样修整和庄严；逢到赛会的日子，城隍庙前的形形色色比这里好看多呢，何况一切全都是在白天显现的。正想时，舅父催我举步，我便跟着他走。

胡家租的寓所就在贡院西隔壁，是人家的一间卧房；那人家临时做投机生意，把几个房间合并了，空出来的房间就租给考客作临时寓所。胡家弟兄多，又加上送考的人，所以靠墙着壁都搁着门或板，上面铺着席子，预备大家有地方睡。这室内搁了这些床铺，只剩沿窗一小方空地了；就在那地方摆一张方桌子，他们围着打牌。

我走进去时，最注目的就是围着桌子的一圈人，仿佛他们围得很密很密，就是一粒芥末也决不会从桌子上掉下来似的。同时听到清脆的骨牌击桌的声音。我本来不明白寓所是什么样子的，至此才明白这就是寓所。向旁边看时，才看见那些床铺，便不知不觉地坐在靠右的一个铺上。

舅父向那一圈人招呼；一壁把书箱塞在床下，把纬帽摆在床上，又向我提示说："你的篮子也可以摆在床下。"我实在舍不得放下篮子，便摆在床上，却依旧捏着它的柄，说："这样也好。"我立刻觉得非常口渴，上颚与舌面几乎干燥了。心里想假若取出一个马铃瓜来剖着吃，岂不爽快。既而又想，当着这么许多人独吃，当然是不懂规矩；但是如果分给每人一块，自己就吃不到多少了；何况父亲曾经叮嘱过，这瓜要待进了场吃的。于是只得忍耐着，无聊地借着烛光从稀疏的篮孔里看那翠绿的瓜皮。

那一圈人似乎没有瞧见我们，他们击桌面，骂坏牌，揣度，呼笑，与先前一样。只有一个上唇翘起几笔胡子的斜着眼光向我的舅父问道："这位世兄几岁了？"

"十二岁。"舅父也坐在一个铺上，他屈伸着胳臂，以舒劳累。

那个人捋着胡子趣味地说："真是所谓幼童了。有没有编红辫线，红辫线？"

这奇怪的问题使我迷惑了；我仿佛全然不知道向来编什么辫线的，一只手便向背后去拉过发辫的末梢来看，辫线是黑的：我才想起我的辫线向来是黑的。

那个人也看清楚了，以十分可惜的声气说："为什么不编红辫线！这样矮小，这样清秀，编了红辫线更见得玲珑可爱呢。说不定大宗师看得欢喜，在点名簿上打个记号，那就运气了。"

另外一个人的声音接着说："笔下很不错了吧？"

"不见得，"舅父谦逊地回答，"前年才开的笔，勉强可以写三百个字。这一回本来不巴望什么，意思是让他阅历阅历，以免日后怯场。"

"这是正当的办法。假若题目凑巧，或许也有点儿巴望。"

我觉得倦了，头部很沉重，只想向前撞去；朦胧中听见不知谁在问："这篮子里带些什么东西？"我突然警觉，带着戒备的意味说："马铃瓜！"原来问我的就是那翘起几笔胡子的人，他离开了一圈人，笑嘻嘻地站在我面前了。他说："你倒蛮写意；人家只怕绞不出心血来，正在那里着急，你却带着瓜果进去吃。"

舅父接着说："究竟是孩子……"

我又昏昏然了，身体斜靠下去，头就枕在窗栏上；人声与牌声似乎渐渐地远了，只剩极微淡极微淡的一丝儿了。腿上和手臂上觉得有点儿痒，大约是蚊虫在那里偷血吃，但是没有力气举起手来搔，也就耐着；后来连痒也不觉得了。

我被舅父喊醒时，室内景象不同了；那些人正匆忙地向外走，有几个还在披长衫，有几个在检点手提的书箱子里的东西；桌子四角的四支白蜡烛烧剩两寸光景了，火焰被风吹得一顺地偏斜，淌着烛泪；散乱的许多牌，有些骨面朝上，泛着死白色。

我身上受着几阵风，立刻感到一种不爽快的凉意，同时觉得这室内有点儿凄凉，便站起来，提着篮子也向外跑。舅父已经把书箱提在手里了；他把纬帽套在我头上，说："已经在那里点名了，戴着吧。"

我跟着舅父走，像个梦游病者似的，不知不觉已进了贡院的大门。只见仪门之前黑压压地挤满了人，完全是背影；脖子都伸得很长，而且仿佛尽在那里伸长起来。挂着的红灯笼徐徐摇荡，烛光微弱，不免有点儿阴惨气象；靠东面的一盏又已经灭了。有一些不敢扬起的嘈嘈切切之声与鞋底擦地的声音，在其中有沉着而带颤的占着三拍的音响超出于众响之外；我因县试府试的经验，知道这是点名。点过一名，从人堆里迸出一声"有！"人堆就前后左右地挤动，同时又听见十分恭敬的一声"某某某保！"叔父曾经告诉我，大考时由廪生唱保，这一定就是了。

舅父递过书箱叫我提着，可是一只手还帮着我不放，悄悄说：

"当心听着。"我便当心听；听听都是些生疏的名字，都不是我。我们的背部却受压迫了；后到的许多人尽把我们向前推；我们只好上前去贴着前人的背部。因此我的过大的帽子搁住在前人的腰部，歪斜得几乎掉下来了；又不能放下手提的东西，其实就是空手，也没有举起手来的余地，只好歪着头勉强把帽子顶住。除了前人长衫的腰部，什么都看不见；四围都是人，胸背和两臂几乎没有一处不与他人的身体触着；我气闷极了，仿佛塞在一个鬐里，不过鬐壁是软的。然而也挤出了一身汗，刚才着了凉的不爽快，也就不药而愈了。

突然的忧虑涌起于心头，我的腿感觉到竹篮子几乎被挤成一片了，那么里面的马铃瓜不将挤破挤烂嘛！假如破了烂了，整整的一天靠什么东西来解渴！而且事情颇不妙，腿上觉得有点儿潮润，不就是甜得沁心的麦黄的瓜汁吗？连旋一旋身子的主权都没有，只有由那软壁的鬐播荡着，我恨不能提起篮子来看一看。我又想："早知如此，刚才在寓所里吃了倒也罢了。没想到特地带了来，却是这样的结果！"爱惜情深，便把气闷忘掉，一切声响也微淡得几乎渺茫了。

像在睡梦中被人呼唤似的，我听见几个音响的连续，那是一个人的名字，而且很熟，随即醒悟那就是我的名字。舅父的肘臂在我背上一阵推动，嘴里还说些什么，我听不清了；我顿了一顿，才提高喉咙喊出来："有！"书箱突然沉重起来，舅父已经放了手了。我明知这时候应当怎样去接卷子，怎样走进仪门去找寻指定的座位，并且开始过一天离绝家人而与不相识者混在一处的特殊生活。但是前面没有路，两旁没有路，背后也没有路，这个鬐竟不肯裂开一丝儿缝来。叫我怎能往前走呢！于是我喊，我用身体冲撞，舅父也这么做。可是没有效果，只使人堆略微波动，并使四围的人发出些喃喃的咒骂。我再留心听时，依然唱着一个一个的名字，那声音沉着而带颤，与先前一样。我好像失了一件宝贵的东西，只觉得一种很深的惘怅塞在心头。我本来没有进去的欲望，是父亲叔父们要我进去的，现在进不去，却又惘怅起来，也真难以索解。这时候我什么都不想，也不想是否就此回家，也不想有没有办法可以进去，就是这样颓丧地站在那里，舅父却略微低下头来安慰我说："不要忙，且等着，等会儿可以进去的。"他一只手又帮我提着书箱。

渐渐觉得四围松散一点了，我转动身躯，举起手来把帽子戴正，居然没碰到障碍。嘈嘈切切之声越趋微淡，而书吏点名与廪生唱保的声音，却越见得响亮清楚起来。后来大约只剩三四十人了，我才完全看清楚那摆在中间的围着红桌帏的大桌子；我才望见那坐在桌后的人，圆眼镜，黑胡子，一动也不动，仿佛一尊塑像。舅父推着我，我会了意走上前去。末了，那三四十人也陆续转进仪门去了；余下站在旁边的一些人，我知道他们并不是与我同等的。这当儿突然异样的寂静；看看这地方昏暗且空虚，一副酒阑人散的景象，我的幼稚的心里不禁起了一种莫可名状的伤感。

不知怎么一来，一个书吏却把一本卷子授给我；我用提竹篮的手接了卷子，便也转向仪门去。舅父帮我的那只手几时放的，他是几时与我离开的，我全然不知道。我随即提起竹篮，凑着灯光查看，心里才觉得安定且喜悦；原来篮子没有被挤扁，翠绿的马铃瓜还是完好地盛在里边。

转过了屏障，眼前一阵昏黑，用力注视，才见昏暗中站着几个人影，不由我不突突心跳。仪门的门槛已经装上，很高很高，总不在我的胸部以下。我的两肩几乎支不住两条提着重物的胳臂，又怎能用手撑着，使身躯爬过那高高的门槛？正在无可奈何，而且不由自主地放下两手提着的东西时，一个人影开口了："小孩子，过不去了，我把你抱过去。"他那异方的带有玩戏意味的音调，使我觉得害怕。他把我拦腰一抱，轻易地举起来，仿佛抱一个很小的孩子；待放下时，已在门槛以内。宽大的帽子经这么一动摇，掉在地上，我捡了起来。又想起手里的卷子被捏得很皱了，便把它铺在胸前，按摩着使它平贴。这当儿那个人又把书箱与篮子递给我。

回转身去，别有一种神秘的景象展示在前面。很远很远的一座大堂，近于渺茫了，那边有点点的灯火与一些朦胧的人物。甬道两旁的考棚里，发出蜂儿闹衙似的声音。考棚齐屋檐挂着许多小红灯，望过去成为两条梯状的不平行虚线。红灯的光照不到甬道的中间；幸而有星光把甬道照得发白，使我能够看清卷面上编定的号数，是寅字第十二号。

我于是顺次看小红灯上的字号。十分欣喜，在东边的不知第几盏就是了。鼓着勇气摇晃地走近去，才看清楚并不是寅字号而是宙字号；又不免起一种惘然之感，仿佛荒原深夜找不到客店的倦客。

几经停歇，几经探望，才看见寅字号的红灯在西边徐徐转动，那里距离大堂与仪门一样远近。我像望见了家门似的，奋力奔过去。跨进考棚，寻到第十二号的位置，就把两手的东西一齐搁在木板上，深深地透几口气。别的位置上都已坐着人，我也不去注意他们的面目与动作，只觉得四围有这许多人，而我掺杂在他们中间了。当桌子用的木板上点起一支支白蜡烛，火焰跳动且转侧；有几个人特别讲究，把白蜡烛插在玻璃灯中，那就稳定多了。我也从竹篮里取出重重包裹的白蜡烛，划着火柴，把它点起，就用烛油胶住在木板上。我于是就座，于是占领了一个小世界。

"马铃瓜！"突然的一念想到，我急忙搬开篮内上部的杂物，从底下捧出一个可爱的翠绿的瓜来。"先吃半个吧。"这样想时，裁纸刀的尖头已刺入瓜皮。剖开来时，那鲜明的麦黄的颜色，那西瓜类特有的一种甜味，使我把一切都忘了；起先把小刀划着方块吃，后来把瓜皮切成好些块，逐一咬它的瓤。直到完全咬剩薄皮，才想到已吃过了预算的分量。"还有一个呢。"这样一转念，就觉得前途并不空虚；站起来把瓜皮丢在廊下的尿桶里（大约隔十几间考棚有一个尿桶，桶的周围也积满了尿，幸而我这一间离得还算远），用乱纸擦了板面，依旧坐着，看一直淌下的烛泪。约略听得外面有些鼓吹之声与炮声，我淡淡地想："封门了。可惜这时候不能回去看一看家里的情形，不知道母亲在床上想我不想，不知道叔父的半夜酒喝罢了没有。"这是真的，不论是谁住惯了家里，一离开家，总不免这样那样想；又明知所想的决不能恰与实况相符，于是感到不满足了。

这时候满棚的人忽然齐向甬道望，我也不自觉地跟着他们向甬道望，只看见一簇人，以急促且沉重的脚步拥向大堂那边去。听别人说，才知道学台坐了藤轿子进去了。停会儿，就有掮着白纸灯的几个人在甬道上慢步走过，灯上写的是题目。于是两廊下人影历乱起来，层层叠叠的头颅像蛆虫似的蠢动；同时起了一阵模糊的哄哄的声音。我的身子太低了，假若站在廊下，只能看见别人的背心，绝没有看到那几盏灯的希望；我就爬上桌板，站直了，赶快把题目抄下；笔画歪斜，字体很大，竟写满了一张毛边纸。

第一个经义题就有点生疏，似乎我所读过的经里没有这么一句。偶然向前排望，看见前面那个人从一叠石印书中抽出两三本来，签条上仿佛是《礼记》。从来没有作过《礼记》的题目，怎么知道它在哪一本上，该怎么作法呢！但是这种懊丧并不深重，我本没有立刻构思起草的意思，不妨暂且把它搁在一边。抛撇不开的还是那个惟一的马铃瓜。"吃完了它，才能定心作文。早一点吃了，好早一点动笔。"我这样想，便伸手入篮里。这一回没有作先吃半个的打算，当然一口气把它吃完。咬到末一口时，又觉得这瓜太小了，颇可憾惜。

然而牵思萦想的东西正多呢。琐屑的花生米与西瓜子又不是赶快嚼得完的，只好一颗一颗送入口里，消磨这孤独生活里的时光。身体上凉得厉害，手臂与腿都似乎有抽搐的感觉；而且头脑昏昏的，眼皮重起来了。

似乎没有多大工夫，甬道中漫着淡青色，两廊的椽子瓦片渐渐显露，小红灯里的烛光却大部分灭了。我朦胧中听见嗡嗡之声，同舍的人已在起稿，至少也想到了一点意思了；而我还只有一张题目。

"那边有个冒籍！"突然听见这样一句响亮而含有命令意味的警告。我朝声音来的那方向看，就在我这间的廊下，站着个高大的人，眼珠很大，放出闪耀的光，脸上的肌肉仿佛全蕴蓄着精力，一只手支在柱子上，那样粗大的手指是我从来没有见过的；我觉得这个人很可怕，似乎在不知哪一所庙里见过的一个青年神像。

同舍的人互相告语说："冒籍！杜天王又要起劲闹了。"有十来个人便离开座位，聚集在廊下，一致急促地问："在哪里？在哪里？"

我听见杜天王三个字，立刻知道他是什么人。这时候学堂已经办起来了，他是中学堂里的学生。试期将近的时候，学堂里特地牌示说，凡是学生不准应试。如有改名冒试，查出来立即斥退。这大概是这么个意思：每人只能走一条进取之路，若想兼走两条，便是取巧占便宜的办法，非禁止不可。可是杜天王不管这一套，更改名字报了名，到期就请假出来应试。像这样做的也不止他一个，他的好些同学以及县立小学堂里的一部分学生，都与他一样，想试走这第二条进取之路。

学生与寻常童生，不同之点很多，最显著的有两端：一是排斥迷信，二是崇奉合群新说。他们成群结队地来到贡院前应试而且玩耍，这两种特性就发泄在贡院旁边定慧寺里的许多佛像身上。

定慧寺里有十八尊装金的罗汉像，比人身高大得多。后面的殿，正中坐着个巨大的如来像，我们只能看到他的胸部。头部与两肩穿过楼板，占着楼上的空间。我七八岁时，曾跟着伯父去看，觉得有点害怕。

我听人家这样说：杜天王同一群同学去游定慧寺，有几个人不免说起泥塑木雕导人迷信的话，大家便觉得这些人形的泥块真是不可饶恕的仇敌。"把它打掉，才能破除愚民的迷信！"杜天王为首喊出来。接着就是一阵呼噪，约略是"你若有这胆量，我们合群！合群！"杜天王经这样一激，再也忍耐不住，就发出命令去找绳子。在不知什么地方找到了一捆粗棕绳，解开来断成四五条，拦在如来的腰围与手臂上；另一端由许多人拉着。一声"来！"大家像拔河一般用力，如来就轧轧地响起来。随后就是一阵不曾预料的崩塌的响声，如来的身躯侧倒了，胳臂残损，面目破碎，而楼板也掉下了好几块。学生们得到了意外的成功，未尽的勇气还很旺盛，正像出洞的猛兽，只想再寻些仇敌来吞噬；于是外面十八尊罗汉应这劫数了。他们用同样的方法对付那些罗汉，手段既已熟练，工作又较轻便，真是十分容易。结果个个罗汉歪斜地倒在地上，有的断了头，有的折了腿，有的露出木头构成的骨架或是空空洞洞的胸腹。

寺里只有一个衰病的和尚，听见学生而且是考童在那里与菩萨作对，他早已开了后门逃走了。后来警察知道了这事，查究是谁为首，便带了杜天王去；但不一会就把他放出来，因为知道他是杜某的儿子，而杜某是了不起的乡绅。从此，人家就给他上个"天王"的尊号，他的名字反而被忘却了；若说起杜天王，没有一个人不知道。

我早已听熟了这个威武的名字，现在占有这个名字的人就在面前，虽然觉得很可怕，却舍不得不看。只见他努着嘴略微含怒地回答问他的人说："在阳字号！"他的浓眉似乎渐渐抬起来，越显得面貌凶狠。他放下支在柱子上的手，有力地转身走去。聚集在廊下的十来个人也就被牵着似的跟了去。

我自己莫名其妙，同时也跨下座位，走出号舍，跟在那些人后面。杜天王又在别个号舍里招人，走到阳字号时，他的部下有七八十了，真是一支强有力的军队。他是大将，就开始攻击，作军士们的前锋。我从人与人的隙缝中窥见他站在一个人旁边，那个人背部的侧形很厚，肩头也是圆圆的，知道是个胖子；他的低俯的脸略带紫色，虽然与杜天王的脸一样大，但皮肉却是松弛的。

阳字号里的人一齐抬起头来。有的便站起来，廊下与一排排座位之间，又骤增一拥而至的七八十个人；惊异的诧问与愤怒的喃喃混在一起，就把那里的空气震荡得不安定了。可是大家有一种有所顾忌的裁制力,不肯把声音放得同平常谈话那样高;更兼要听听杜天王说些怎么样的英雄的话,恐怕放高了就把他的声音淹没了。

杜天王以凛然不可犯的神气,拍着那个人的背心说:"你叫什么?什么地方人?"

那个人的头俯得更低了,身躯似乎在那里缩拢来,像一只伏在猫儿跟前的老鼠。他只是不回答。

"说!快说!"一群人哄然喊出来。杜天王又把他的肩膀一拉,大家才看清他的转殷的紫色的脸,于是又喊:"快说!快说!任你装什么腔,没有用的!"

那个人愁苦的脸几乎要哭出来了;可是抵不住群众的威迫,终于很低微很模糊地回答了。我听不懂他说的什么,但能辨知那是异方口音。

"不对!"一个锐利的声音紧接着喊出来,随后潮水一般的"不对!"涌起来了。杜天王就在那个人背心上一拳,那个人又老鼠遇见了猫一般缩拢来。人群更为密集了,有的人贴着他的身躯,有的人高高站在桌板上,上上下下把他围住。我于是再也看不到他的影子;但是,可以听到连续的拳头着背的声音。

被打的默不作声,挥拳的也只是闷打,一时间转觉异常沉静,只有单调而不结实的屯屯的音响。

"他还有一本卷子呢!"一个略带哑音的人惊怪地喊。"啊,还有,不止一本!一,二,三,四,五,一共五本!他又姓陆,又姓倪,又姓叶,知道他到底姓什么!"

"岂有此理,既是冒籍,又是抢替!"

"应当把他打个半死,让他知道犯的什么罪!"

"好大的胆量，敢于代抢五本卷子！难道他那样胖的身体里，完全装满文章吗？"

"什么文章，完全包着些贼骨头罢了！该打的贼骨头！"

"打……"于是拳头着背的声音更急更重了。那个人开始喃喃地号呼，像个沉重的热病者，却并不哀求，也不作什么辩解。

正当一个人喊"在这里不爽快，把他拖出去打"时，从甬道走来两个冠服的人与六七个书吏，我也不知道那两个是什么官，但是知道决不是学台。书吏略微呵斥，密密簇聚的人就让出一条路，使他们得以走近那被打的人，随后又围合起来。我虽然想乘机钻进去，但是行动欠敏捷，依旧被摈在圈子之外。于是拣一个空着的座位站在上面，跕起脚来向下望；然而不行，只能约略望见那被打的人露出在衣领外的肥厚的脖子与一段很粗的发辫。

"他是冒籍！……又是抢替！……他共有六本卷子！……这该当什么罪名！"大家错杂地诉说，声音里含有示威的意味。接着一阵嚷嚷，有所顾忌的裁制力现在用不着了，所以特别响朗；仿佛觉得空气在那里膨胀开来。

不到一盏茶的工夫，人堆里又让出一条路来了。那个群众共弃的罪犯被夹在六七个书吏之间，目光注地，迷惘地走着，他的两手提着书篮帽子之类，臂弯里挟着长衫。几本卷子由一个官拿着，那是重要的赃证。

"嘘……"大众轻轻地发出一种表示驱逐的声音，胜利的鄙夷的眼光望着那胖子的背影，随后就散归各自的号舍。我也靠着廊柱望，心里有点儿惶惑，不知道他们把那胖子带去将怎样治罪。他们从甬道向大堂走去，东边号舍顶上透过来的太阳光照在他们头上。

那胖子的头似乎向前面折断了，望不见他的后脑与两耳，只看见乌黑而耀光的发辫。

我回到号舍，咿唔之声仿佛秋虫一般繁琐了，才想起我还有作文这件事。可是肚子有点饿了，姑且拿出馒头来夹着火腿吃。吃得口渴了，又想起马铃瓜来；假若在先不急，留到此时吃，岂不好呢？看太阳光那样红，必然是个炎热的白天，正该吃马铃瓜。

大约十一点钟光景，所有的东西都吃完了，连一颗瓜子也没有遗留了，才开始翻《礼记》。翻不到二十多页，觉得眼前一闪，那句子好熟。再一细想，不就是今天的题目嘛！于是看下面的注解，于是写下文章的第一句。我在塾中已经成为习惯了，写下一句，再想第二句；写了这么三四句，就要一五一十地数，看已经有了多少字。这一回当然未能外此。大约有了二百字左右的时候，实在接不下去了。但是牌示上明明说，"不满三百字不阅"，怎么能二百字便了呢？我并没有想到自己的文章什么程度，但是一定要希望他们"阅"，也可以说是个不可解。

早先交卷的人一排一排出去了，听见沉重的开门声，飘渺的吹打声与号炮声。午后的炎威与心思的焦灼使我满头满身都是汗，看那些交了卷出去的人真像自由自在的仙人。

直到号舍里只剩两三个人，听听远处，也是悄悄的只听见鸟雀声，甬道中又渐渐地昏暗起来了，我才足成了经义的一百多字，急就了一篇三百零六字的策论，又抄完了指令恭默的一节《圣谕广训》。

匆匆收拾好东西，依然两手提着，寂寞地在甬道中走。仪门早已开直，不复封锁了。我先把两手的东西送过去，然后艰困地爬过那高高的门槛。头门也开着；没有吹打，没有号炮，只是寂然。我望见邻家的仆人（是我家托他来接我的）在头门的门槛外向我招手，便加快走去。他接着我的东西，又抱我过门槛。待他放下时，我觉得脚里软软的，仿佛踏在棉被上；抬头看天，昏暗而带黄色，与平日所见不同；口渴极了，心里想，我有充分的理由，回家去要求父亲再给我买两个马铃瓜。

（1923年9月11日写毕）

邻居

那一天傍晚，我和弟弟在门前玩儿。他向前走，两只手伸到后面来牵住我的两只手，算是拉黄包车。我一摇一摆跟着他。他嘴里叫唤："黄包车来了，黄包车来了。"

忽然一辆脚踏车从里门口闪进来。我并不特意去看，可是知道骑在车上的准是住在我们西首的那个日本孩子。不过一眨眼的工夫，脚踏车已经到了我们身边。为要让开我们这一辆"黄包车"，那日本孩子把车柄向左旋转。不知道怎么样，他旋转得不得法，车身却向右翻转来。他赶忙跳下车来，这就撞到了我们的"小黄包车夫"。

"哇……"弟弟哭了。他的胸脯贴在地上，两只手支撑着，两只脚一上一下地乱动。

我有点儿动怒。用两只手托着弟弟的胳臂，把他扶起来。啊，刺眼的鲜红！他的张开的嘴唇涂着一腔血。

"对不起，对不起。"日本孩子用中国话表示歉意，同时把脚踏车靠在他自己门前的墙上。回转身来，看着鲜红的血，他也慌了，满脸涨红，直到颈根。他想了一想，说："我去拿冷开水，冷开水。"就达达达跑进他家里去。

一会儿冷开水拿来了，还有消毒棉花。他蹲下身子，用棉花蘸了冷开水，在弟弟的嘴唇内外轻轻地擦。弟弟还是"哇……"地哭，豆粒大的泪珠一颗颗滚下来。这时候我好像医生的一个助手，把弟弟的后脑勺托住，使他的面部仰起一点儿，同时安慰他："不要哭了，一点点痛算得什么呢？"

"还好，还好。"日本孩子把弟弟嘴唇上的血擦去之后，放心地说。的确还好，只上唇和下唇的黏膜各有三四分宽的一处破碎，鲜红的血还在渗出来。

妈妈听见声音跑出来了。她问明了原因，又知道弟弟并没受到旁的损伤，就拍着弟弟的身躯说："你再张大了嘴哭，血要出不止哩。不要哭吧，我们进去看图画书去。图画书上有高背心的骆驼，长脖子的鹿，很好玩的。"

弟弟听见图画书，渐渐停止了哭，一只手擦着眼睛，一只手牵着妈妈往家里走。

日本孩子挺直了身子，又诚恳地说："对不起，对不起。"

这时候我的怒气已经消散了。我回答他说："你不必放在心上。你也并不是有意的。"

"当然并不是有意，不过你弟弟吃这个小苦头，总是我累他的。"他说着不纯熟的中国话，态度像一个在先生面前悔过的学生。

第二天傍晚，他到我们家里来看我弟弟。带来四个嫩绿色的饼，算是送给我们的礼物。

弟弟的嘴唇已经结好了，留着两个殷红的疤，他看嫩绿色的饼很可爱，就取一个在手里。

日本孩子说："这是日本的东西，皮子和馅儿都是豆做的。味

道还清美。你们尝尝看。"

我请他自己也吃一个。味道的确不错，比起我们的月饼来，没有那么甜，也没有那么腻，真够得上"清美"两个字。

从此之后，我和他遇见了常常随便谈话。我才知道他是生在上海的，在一家日本书店里当学徒。他父亲在一家日本的什么铺子里做伙计，到上海来将近二十年了。

他告诉我日本的种种风俗：门首放着斜劈的青竹竿是什么意思，屋顶上矗起鱼形的布袋子是什么意思。他告诉我住在日本的他们的亲友的苦况：做伙计的找不到职业，种田的吃不到自己种出来的东西。

我也把我家的情形告诉他。因而说起"一·二八"那一回打仗把我家什么都毁了，光剩几个人没死。像小鸟做窝一样，今天衔一根柴，明天衔一棵草，我们把家重新建立起来。可是到现在还没有真像一个家，有了箱子没有橱，有了棉的没有夹的。

"我们也一样！"他激动地说，"那时候我家住在宝山路旁边，炮弹把我家什么都毁了。比起你们来，我们这场灾祸尤其没有名目。你们算是为国牺牲，我们算什么呢！"

"你们当然也是为国牺牲啰。"我顺口这样说。

"这是你挖苦我了。他们胡闹，他们喜欢强盗行为，我们为什么要为他们牺牲呢！"他的声音有点儿发抖，他的眼睛里含着愤怒。

我抱歉地说："请你原谅吧，我不应该这样说的。总之，你们的牺牲和我们的牺牲，都得算在那批喜欢干强盗行为的人的账上。"

"这样说才对了。"他点点头。接着他又恨恨地说："日本人中间有那批人，是日本人的羞耻！我是一个日本人，在这一点上，我真实地觉得对不起你。"他说着，紧紧握着我的手。

我心里着实有点儿感动，可是我回答他说："你觉得对不起我也没有什么用处。我们总得锻炼自己的力量，用力量对付那批人，使你再不用觉得对不起我。"

他把我的手握得更紧些，过了一会儿才说："我们也得锻炼自己的力量，自己的力量！"

我们东首那家人家搬走了。过了三天，就有新搬来的。搬来的东西有矮矮的紫檀几，铺地用的厚席，一望而知是日本人家。随即看见我们的新邻居只有夫妻两个，没有小孩。男的浓眉毛，高颧骨，连鬓短髭须。女的很瘦弱，涂了满脸的粉，一副可怜样子。

后来就难得看见那男的。只是女的出去买东西，提了水桶冲洗门前的一段水门汀地。据西邻的日本孩子告诉我，他打听明白了，那男的是什么会社里的高级职员。

一天夜间，我睡熟了，突然被一种声音惊醒。"砰！砰！砰！"好像木匠在拆板壁，抢起斧头死命地敲。我张开眼睛看，妈妈起来了，衣服没有扣整齐，手里抱着缩做一团的弟弟。爸爸的声音在亭子间里，带着怒气问："你做什么？你做什么？"

回答是"砰！砰！砰！"还有叽里咕噜的许多话，听不清什么，可是辨得出那是骂人的调子。

我赶忙穿衣服，下了床，向亭子间跑去。虽然妈妈阻止我说："不知道是什么蛮横的人，你不用去看。"可是我并没有听从她。

我从亭子间的窗口望下去，看见一个人像理发匠捶背似的在敲我家的后门，"砰！砰！砰！砰！……砰！砰！砰！砰！"路灯的光照着他的脸，浓眉毛，高颧骨，正是我们东首的新邻居。他的脚步有点儿站不稳，敲了一阵，身躯摇了几摇，就向前直撞，不得不伸起两条胳臂来支撑住。

"半夜三更，你来敲人家的门，做什么？"爸爸提高了嗓子问，完全改变了平时的声调。

又是一阵"砰！砰！砰！"大概他的手觉得痛了，换了脚踢。门框震动，波及亭子间的墙，好像就要坍下去似的。他的嘴里沸水壶一般翻滚着日本话，我们听不懂。

这时候里里的人听见声音出来了，男男女女聚了二十几个，中间有几个日本人，西邻那孩子的父亲也在里头。他走过来同浓眉毛搭话。浓眉毛这才摊手摊脚地回答他，一会儿指指我们，一会儿向空中举起他的拳头。

西邻那孩子的父亲听明白之后，他用中国话告诉我们，说那人来敲门，为的是我们家里有一个孩子骂了他家"东洋乌龟"，特地来找大人理论的。

这个话真把我气得要死。孩子，我们家里只有两个。弟弟年纪小，独个儿不会出门。那么骂他家的就是我了。我为什么要骂他家呢？讨一点儿嘴上便宜，学那种屠头的行径，我是向来不干的。我就对爸爸说，我决不说谎，我没有骂过他家。

爸爸托西邻那孩子的父亲告诉那人，凭正直的中国人的名义答复他，我们没有骂过他家。

那人显出不相信的态度，脸红红地说了许多话，接着又回身敲我家的后门。几个日本人商量了一会儿，走近来把他扶住，大概向他说些劝慰的话，同时推推挽挽地送他进他家的后门。

人散了。各家的门咿呀地关上。只听隔墙的楼梯蹬得腾腾地响，打着骂人调子的日本话滔滔不绝。

我们受了这一场诬赖，心里都感觉不痛快，重新睡到床上，一时睡不熟。忽听"啪！啪！"两下，是手掌打着皮肉的声音，随即有呜呜咽咽的女子的哭声。"啪！啪！"又是更重的两下，哭声突然尖锐起来，拖下去转作震荡的调子，可以想见那个满脸白粉的女人正在打滚呢。

我听，听，听，哭声渐渐模糊了。

第二天早上，我到学校去，西邻那孩子正骑着脚踏车出门，看见了我就下车来和我一同走。他告诉我，父亲方才对他讲昨夜的事，原来那人喝醉了酒，先前不知道受的什么气，酒下肚就找人家生事。他又说里里的几个日本人都派那人不是，没凭没据，怎么能随便诬赖人家，半夜里乱敲人家的门。

我听说那人喝醉了酒，心里倒宽了不少，胡作胡为都不由他的意思，我们又何必怪他。我接着说："他醉得很可以了，昨夜回到家里，还打他的妻子呢。"

"他气到那样地步，想来真有人骂了他了。你是不干这种没意思的事的，我相信你。可是有些人却在那里干。我在路上经过，耳朵边也常常听到'日本小鬼'的骂声。"

"这不能怪他们，中国人和日本人感情太坏了。"

"我也知道这一点，所以每听到一回骂声，我不恨那骂我的人，却另外有一种说不出的难过。"

谈到这里，我们已经走到里口。他就跨上脚踏车到他的店，我到我的学校。

这一天下午，我从学校回家，看见有一个巡官三个警察坐在客堂里。那麻脸的巡官看见了我，把头歪一歪，问道："骂人的就是你吗？"

"骂什么人？"我不明白。

巡官努着嘴向东墙示意，说："隔壁的日本人。"

妈妈替我回答说："我们没有骂过他家，刚才已经对你说过了。"

"不行啊。你们没有骂过他家，他到领事馆去可说你们骂过他家，领事馆就向我们说话来了。"

我听说，把宽恕那人的心情完全打消了，他硬要咬定我们，真是无赖的行径。我恨恨地说："他自己喝醉了酒，诬赖人家，半夜三更乱敲人家的门，他应该受扰乱公安的处分！"

"他应该受处分？他要求我们处分你们呢！告诉你，小弟弟，现在是什么日子，你要搞清楚。对日本人应该客客气气，上头有命令，我们要同他们和睦。总不要嘴里不干不净，也不要暗里扔一块小砖头，射一片细竹片。闹出事情来就是交涉，交涉！你这小身体担当得起吗？"

巡官的态度倒并不凶，他像学校里的先生，我是在他面前受训诫的学生。可是那训诫我实在受不了，仿佛有许多尖刺，从后脑勺沿着背脊一直刺下去似的。我避开了那个麻脸，自顾自解开我的书包。

这当儿，爸爸回来了。巡官把那一套话重说了一遍，又说现在没有别的，无非警告我们的意思，以后可千万要当心。

爸爸的脸色很不好看，斩钉截铁地回答说："以前我们没有骂过他家，以后也决不会无事无端骂他家，请你放心好了！"

于是他们四个去了。可是我们吃过晚饭以后，又有两个警察被派了来。先在我家客堂里坐坐，据说要在这里看守个通夜，一个前门，一个后门。爸爸说："我们这里并没有事，做什么要看守呢？"

"只怕你们闯事呀。"一个太监脸的警察说。

"我们没有闯过事，做什么要防我们闯事呢？"爸爸的声音又像昨夜对那敲门人说话时候一样了。

另一个警察按一按他那红鼻子，向东墙努着嘴说："你要知道，他们不好缠呢。你们没有闯过事，我们也清楚。有我们在这里看守，你们也省得受冤枉。我们原是来保护你们的。"

"这样说起来，我应该感谢你们呢。——对不起，我家要关门了，请你们到外边去吧。"爸爸带着冷笑送客。

太监脸的警察从前门出去，红鼻子的警察从后门出去。他们都显出一副不高兴的脸色。是爸爸的话使他们难受呢，还是不情愿担任一夜的露天看守，我可不知道了。

我们睡到床上，只听皮鞋底的铁钉一步一步打着水门汀地发响。

下一天早上，派来两个警察调班。到了下午，太监脸和红鼻子又来上班了，他们把我家的客堂作为休息所，坐下来抽一支香烟，讨一杯茶喝，还杂七夹八谈些关于他们私生活的事情。我们问他们："这看守的差使什么时候才完了呢？"他们扮一个鬼脸，说："不知道呀。"

再下一天早上，我又遇见西邻那孩子。他告诉我说："东首那家伙经人家派他不是，脸上下不过去，他就坚持他的醉话，报告了领事馆。真是活见鬼，你看，警察守了两夜了。而且，他去领事馆不止一趟，听说昨天又去了。"

"那么今天或许又有什么新花样发生了。"我预感地说。

我的预感果然应验了。下午放学回家，看见一个什么员带着四个警察坐在那里等我爸爸。妈妈对我说，他们一家一家都去关照过了，因为我家情形特殊，非等爸爸回来当面关照不可。

妈妈又说："有些人家在怨我们呢。他们不问事情的底细，只说我们闯事，累他们佯得不平安。"

我听了感到异样的不舒服，只好对妈妈苦笑。

爸爸回来之后，那什么员像训斥属员一样满不在乎地说："据说昨天又有人在骂你家隔壁那位邻居了。"

"他说是我吗？我的女人吗？我的孩子吗？"

"倒没有说，总之又有人在骂他就是了。"

"那我可不知道。也用不着叫我知道。"

"我对你说，对待日本人总要有礼貌，客客气气，和和睦睦，才是道理。你是读书人，应该看见了上头的命令。在你们这地方，尤其要当心，因为日本人住得多。一家不安分，闹出事情来，大家都吃亏，不是耍的。"

"请教你，你这个话为什么要向我说呢？"

"不只向你说，一家一家都说过了。因为事情是由你们家里起的，所以特地当面对你说。"

"由我们家里起的？"爸爸的脸色发青了。

"吓，他昨天还在说呢，先是你家的孩子骂了他家。"那什么员转过他那肥脸对着我，点点头说，"恐怕就是这个孩子吧。"

我正在想，把那个肥脸重重地打它几下倒是痛快的事情，爸爸忽然顿一顿脚，用力地说："他还在说，好，我同他决斗去！"

那什么员一把拉住爸爸的衣袖，肥脸上现出慌张的神色，说：

"你能不能轻一点儿说？决斗，哪里可以瞎来的？万一伤了人家一个指头，弄得兴兵动众，你就是十恶不赦的罪魁祸首！"

"不然，我只有让他，"爸爸坚决地说，"你们放心吧，明天我一准搬家！"

那什么员的脸色果然像放了心的样子，可是他拍拍爸爸的背心说："搬家，那又何必呢？你要是搬了，倒像怕了他似的，见得我们中国人太没用了。"

"明天一准搬家！"爸爸头也不回，好像对他自己说的。"免得做十恶不赦的罪魁祸首，写在历史上遗臭万年！"

妈妈顺着说："我也赞成明天搬家。这样啰啰唆唆缠不清，叫人麻烦死了！"

睡了一夜，爸爸一清早就跑出去。我不到学校，帮助妈妈理东西。一会儿爸爸回来了，说租定了朋友人家一间楼面，同时把搬运夫也雇了来。

下午，前门那个太监脸的警察调班来了，看见搬运夫正把末了儿一车的东西拉走，他做一个很难看的笑脸对爸爸说："到底你们读书人，懂道理，识相。让了他们就是了，何必同他们争什么意气。我们也好松一松肩膀，我想，明天该不用来上班了。"

爸爸没有理睬他。

我走出那所住了将近四年的房子，特地走到西邻的门首去站一会儿。黑漆的两扇门关着。那孩子还没回来呢。我竟不能向他告一声别。

（1936年3月10日发表）

图书在版编目（CIP）数据

稻草人 / 叶圣陶著；覃丽兰导读. -- 武汉：长江
文艺出版社, 2022.9
（暖心美读书：名师导读彩插版）
ISBN 978-7-5702-2701-3

Ⅰ. ①稻… Ⅱ. ①叶… ②覃… Ⅲ. ①中国文学－当
代文学－作品综合集 Ⅳ. ①I217.2

中国版本图书馆 CIP 数据核字（2022）第 069696 号

稻草人

DAO CAO REN

责任编辑：黄海阔　　　　　　　　责任校对：毛季慧
整体设计：一壹图书　　　　　　　责任印制：邱　莉　杨　帆

出版：长江出版传媒　长江文艺出版社
地址：武汉市雄楚大街 268 号　　　邮编：430070
发行：长江文艺出版社
http://www.cjlap.com
印刷：武汉珞珈山学苑印刷有限公司

开本：720 毫米×980 毫米　　　1/16　　印张：12.25　　　插页：3 页
版次：2022 年 9 月第 1 版　　　　2022 年 9 月第 1 次印刷
字数：137 千字

定价：27.00 元